D1751062

DE RING

STICHTING NEDERLANDSE
KINDERJURY
1995

Katrien Vervaele

De ring

facet
Antwerpen - Dronten
1994

Voor Wouter, Lore en Marieke

CIP GEGEVENS KONINKLIJKE BIBLIOTHEEK, 's-GRAVENHAGE
C.I.P. KONINKLIJKE BIBLIOTHEEK ALBERT I

Vervaele Katrien

De ring / Katrien Vervaele. –
Antwerpen, Dronten : Facet, 1994.
ISBN 90 5016 177 4
Doelgroep : Jeugd vanaf 11 jaar
NUGI 221

D/1994/4587/10
Omslagontwerp: Pierre Bauche
Tekeningen: Pierre Bauche & Benoît Halbardier
Copyright © Katrien Vervaele
Copyright © Facet nv 1994

Eerste druk oktober 1994

Vooraf

In het zuiden van België, aan de rand van de Ardennen, ligt een streek die *la Gaume* genoemd wordt. Daar stroomt een klein riviertje: de *Rulles*.

Op verschillende plaatsen langs dit riviertje werden overblijfselen gevonden van **Gallo-Romeinse** villa's of hereboerderijen.

Op deze plaatsen gebeurt zorgvuldig archeologisch onderzoek. De ruïnes die blootgelegd worden geven een beeld van hoe zo'n boerderij gebouwd was.

Aan de hand van vondsten – aardewerk, metaal, glas, been, hout – en sporen van dieren en planten, kunnen we ons een idee vormen van hoe het dagelijkse leven toen was.

In de villa **Mageroy** zoeken een groepje jongens en meisjes onder leiding van enkele archeologen naar sporen van de vroegere bewoners en trachten zich in te leven wie die mensen waren en hoe ze zo'n 1750 jaar geleden leefden...

Vreemde woorden en uitdrukkingen

VOORAF
Gallo-Romeinen: inwoners van Gallië ten tijde van de Romeinse overheersing (54 voor Christus tot vijfde eeuw na Christus).
Mageroy: de veldnaam van de plaats waar de villa gelegen is; tussen Habay-la Vieille en Nantimont.

HOOFDSTUK 1
site: plaats waar archeologisch onderzoek gebeurt.
fibula: mantelspeld, sierspeld.
denarius: zilveren Romeinse munt.
sestertius: zilveren Romeinse munt.
dupondius: Romeinse munt in messing (legering van koper en zink).

HOOFDSTUK 2
vigilia: (Lat.) bepaalde tijdsindeling van de nacht. De nacht wordt ingedeeld in vier ongeveer gelijke periodes, vigiliae: twee voor en twee na middernacht.
Stabulum: Etalle, gelegen 5 km ten zuiden van de villa Mageroy, langs de Romeinse heirbaan die Trier met Reims verbond. Stabulum was een 'statio': een pleisterplaats waar bodes, ambtenaren en reizigers van paard konden wisselen of het konden laten verzorgen door een hoefsmid, en waar ook mogelijkheid was om te eten en te overnachten.
lacrima: (Lat.) traan.
laetitia: (Lat.) blijdschap, vreugde; -ae: van vreugde.
tristitia: (Lat.) verdriet; -ae: van verdriet.
het eerste uur: het uur dat de zon opkomt, in de zomer is dat 5 uur, in de winter is dat 8 uur.

HOOFDSTUK 4
aanliggen: bij de Romeinen, maar ook bij de rijke Gallo-Romeinen, gebruikte men de maaltijden liggend op een soort banken of sofa's. Ze hadden geen tafels, en namen hun bord in de hand, de gerechten waren al op voorhand gesneden. Ze aten met de vingers en gebruikten geen vorken of messen; wel lepels, voor saus en soep.
Ruris: de Rulles.
Mosella: de Moezel.
Vetera: Xanten, stad in Duitsland. Was één van de vele legerkampplaatsen langs de Limes: een verdedigingslijn langs de Rijn en de Donau, door het Romeinse leger opgezet om de grenzen van het rijk te verdedigen.

HOOFDSTUK 6
wrijfschaal: wijde schaal in terra sigillata (een verfijnd soort rood geglazuurd aardewerk), waarvan de binnenkant voor het bakken bestrooid

werd met heel fijne kiezelsteentjes, zodat er een ruw oppervlak ontstond. Deze soort schaal werd meestal gebruikt om voedsel fijn te maken.
collyrium: sterk geconcentreerd farmaceutisch preparaat, in vaste vorm, dat voor gebruik moet worden opgelost.

HOOFDSTUK 8
Orolaunum: Aarlen - Arlon.
Epona: Keltisch-Gallische godin van de paarden, oorspronkelijk vereerd in de gestalte van een merrie voordat zij, onder Grieks-Romeinse invloed, veranderde in een ruitergodin, voorgesteld in amazonezit, haar hand aan de leidsels of in de manen van het dier.
Arduinna: Keltische godin van het Ardense woud.
Taranis: Keltisch oppergod; god van de oorlog en de hartstocht; zou zich uiten in donder en bliksem en werd afgebeeld met een wiel en een bliksemschicht.

HOOFDSTUK 9
carburator: onderdeel van een motor waarin de brandstof vergast wordt en met lucht vermengd.
calvarie: kruisweg.
bas-reliëf: beeldhouwwerk, waarbij de figuren op een vlakke ondergrond zijn gesculpteerd en voor minder dan de helft uit de fond naar voren springen.

HOOFDSTUK 10
copo: herbergier (volkstaal).
puella: (Lat.) meisje.
Thermae: (Lat.) publieke baden.
domina: vrouw des huizes.
wastabletje: lichtjes uitgehold plankje, waarin gekleurde was werd aangebracht en waarin werd geschreven met een stylus; een soort griffel.
magister: (Lat.) leraar, meester.

HOOFDSTUK 12
cataract: staar; slijtage van de ooglens door ouderdom: het licht wordt niet meer egaal doorgelaten, zodat er donkere vlekken in het gezichtsveld ontstaan.
Aquae Granni: (Lat.) de wateren van de god Grannus. De stad Aken (Duitsland) werd gebouwd op deze plaats en ontleende haar naam aan de oorspronkelijke Latijnse naam van de bronnen.
cultus: godsverering.
bloeddoop: dat deze rituelen onder andere ook plaats vonden in Germania, kon worden aangetoond door een vondst bij een opgraving in Neuss (Duitsland).

HOOFDSTUK 14
lacrimare: (Lat.) wenen. Lacrima lacrimat: Lacrima weent.

1. woning van Onesimus
2. het atelier of de smidse
3. de kelder
4. de keuken
5. de baden
6. het terras
7. de inkompoort

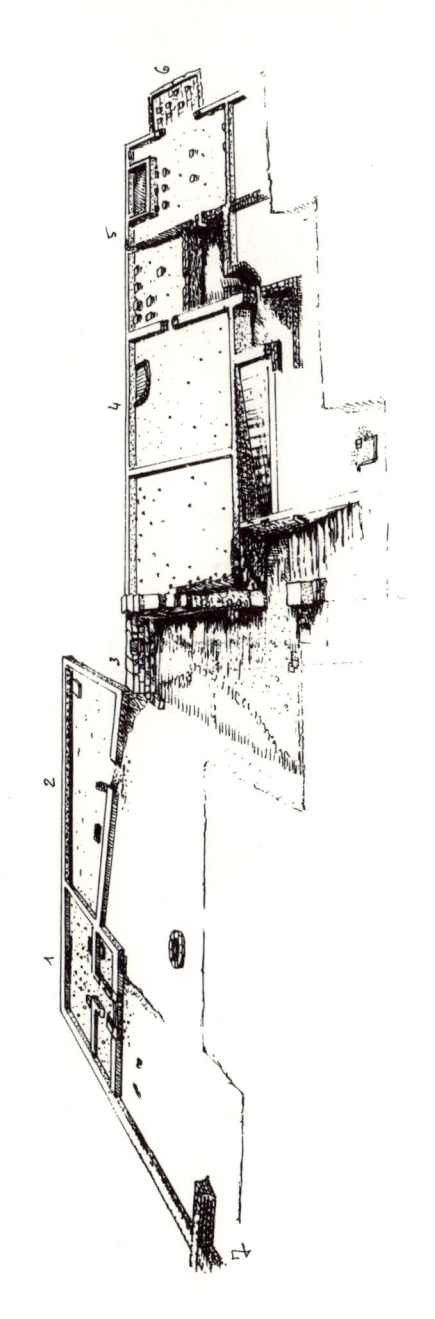

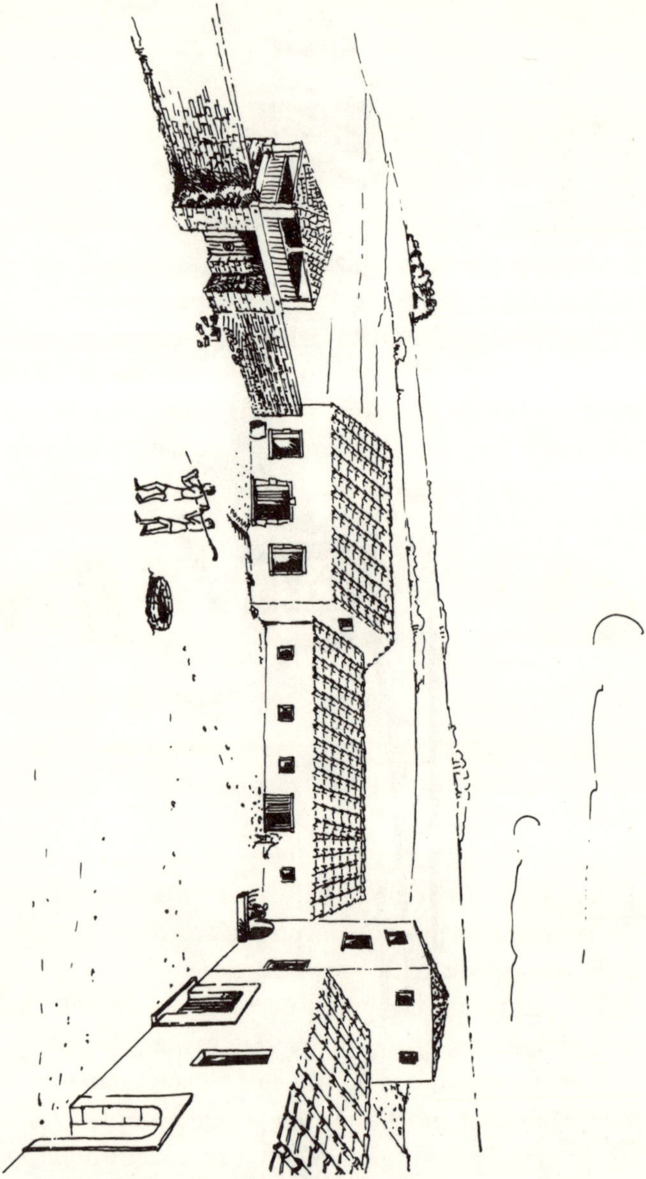

Een

Ward kan de slaap niet vatten... hij woelt, en draait op z'n rug, op z'n buik, op z'n zij... hij keert zich om en om, en nog eens om... Het wil maar niet lukken.

Zijn hand glijdt onder z'n hoofdkussen en vindt er de zaklamp en het klein ronde voorwerp. Ward duikt onder de dekens, knipt de lamp aan: in zijn handpalm ligt een blinkende gouden ring. Er staan letters op, die hij goed kan lezen: VIVA SMIC IDOM.

Maar begrijpen doet hij ze niet; zelfs na twee jaar Latijn kan hij er geen touw aan vastknopen: de betekenis van de woorden of letters kan hij niet ontcijferen.

Die middag, terwijl de anderen bezig waren aan de andere kant van de **site**, had Ward opdracht gekregen van monsieur Benoit nog even daar verder te werken, waar vroeger de kelder geweest was.

Die plaats ligt lager dan de rest van de villa; het is eigenlijk een grote, diepe put in het terrein. Bij de minste regenvlaag komt er een laag water in te staan, die dan moet worden weggepompt. Om je knieën droog te houden worden planken op de bodem gelegd, maar met je handen wroet je in de modder.

Met een troffeltje ruim je eerst het slijk, dan schraap je de aarde weg; heel behoedzaam schep je, laagje na laagje. Je moet goed opletten, want iedere schep kan iets kostbaars bevatten: een stuk glas, een **fibula**, een munt, ja zelfs een muntschat... **denarii, sestertii, dupondii**, gespaard, vergaard en in een aarden pot geborgen.

Soms vind je helemaal niets; je graaft een hele middag lang voor een paar onbelangrijke scherven, en dat is niet leuk; maar een enkele keer vind je iets heel bijzonders, zoals Ward vandaag.

Hij wist onmiddellijk dat hij een prachtvondst had gedaan. Het leek wel een ring. Met speeksel maakte hij hem schoon: en inderdaad! Hij poetste de ring verder op aan zijn T-shirt: hij blonk al in het zonlicht... en er stonden letters op!

Hij was uitzinnig van blijdschap: hij had het willen uitschreeuwen, hij trilde over zijn hele lijf, voelde zich even duizelen, wou roepen naar de anderen, maar hij bedacht zich, en liet de ring ongemerkt in zijn broekzak glijden. Daarna had hij doorgewerkt alsof er niets aan de hand was.

Op slag was dat vreugdedronken gevoel verdwenen en voelde hij zich schuldig. Hij wou het toch vertellen, maar hoe meer de uren vorderden, hoe minder hij durfde. Tenslotte had hij zich voorgenomen het 's avonds op te biechten aan monsieur Benoit, bij wie hij logeerde. Maar ook dat had hij niet gedurfd.

Ward knipt de zaklamp uit en gaat weer liggen. Hij beseft heel goed hoe belangrijk die ring is, niet alleen voor de reconstructie van de geschiedenis van de villa, maar ook voor de anderen die samen met hem graven. Hij kan en mag hem niet houden!

Plots krijgt hij een idee: hij zou zijn vondst, deze nacht nog, op dezelfde plek terug kunnen leggen...

Maar dan is er wellicht een ander die hem vindt – misschien wel Alexandre die altijd zo'n grote mond opzet – en met de eer gaat strijken... Nee, denkt Ward: *ik hou hem mooi voor mezelf!*

Hij hoopt nu snel in te slapen.

De drang om naar de villa te gaan wordt echter steeds groter...

Hij besluit het erop te wagen. Het enige wat hij riskeert is dat monsieur Benoit het ontdekt en hij morgenochtend aan de ontbijttafel te horen krijgt: 'Tu ne recommenceras plus, sinon je te fous sur le train, direction maman!'

Maar laat hij daar nu niet aan denken.

Ward staat voorzichtig op, trekt zijn jeans aan, zijn T-shirt en daar overheen een warme trui. Met zijn baskets in de hand sluipt hij de trap af, even kraakt een tree...

De deur openen, dat is andere koek: het slot, dat waarschijnlijk zo oud is als de deur – en de deur zo oud als het huis, en dat is heel, héél oud –, vraagt vakmanschap om ontsloten te worden!

Buiten! Op de fiets: 't is maar een kwartiertje!

Het is halfeen. In het dorp is alles stil en donker, alleen een koe loeit klaaglijk. *Die moet kalven*, denkt Ward. Een staldeur staat op een kier: het zachte, gedempte licht en de zoetige, warme geur van hooi doen hem denken aan zijn vader, die niet meer bij hen woont. Even is Ward triest, heel even maar. Een hond blaft en hij schrikt.

Al gauw rijdt hij midden de velden: hier zijn geen huizen meer.

Geen zuchtje wind, de stilte is haast voelbaar.

Even op de tanden bijten. Niet bang zijn: als je net veertien geworden bent, ben je geen kleine jongen meer, nee toch! Bovendien is hij de oudste thuis; zijn zusjes, tien en twaalf, kijken naar hem op. Nu al geniet hij van het vooruitzicht hen zijn avonturen te kunnen vertellen.

Geen zuchtje wind. Alles is doodstil. De maan is bijna vol.

Zo'n driehonderd meter van de villa legt hij z'n fiets neer en loopt het laatste stuk door het droge, lange gras. Dan blijft hij stilstaan, in het pikkedonker. En hij wordt heel rustig, is blij dat hij gekomen is. *Ik ben hier thuis*, denkt hij.

Zijn hand gaat langs de muur van veldsteen, een rilling loopt langs z'n rug. Hij betast de muur zoals Julie deed, een paar dagen terug. *Voelen is heel belangrijk*, zei ze, *en als je goed wil voelen; doe dan je ogen dicht.*

Ward knipt z'n zaklamp aan. Het is de eerste keer dat hij hier 's nachts komt. Hij is erg onder de indruk. Hij laat het schijnsel van de lamp spelen over de resten van de muren. Schaduwen vormen zich, dansen even en verdwijnen weer.

Om in de site te komen, moet je een halve meter diep stappen; wil je naar de kelder, dan moet je een houten laddertje af, want de muren zijn twee meter hoog: daar wil Ward de ring weer in de drassige grond stoppen. Niemand zal het merken...

Maar eerst stook ik een vuurtje, denkt Ward, *op de plek met de zwarte verkleuring in de grond, waar vroeger het haardvuur was.*

Hij verzamelt takjes, wat droog gras, een paar dikkere takken. Lucifers vindt hij in het gammele busje, dat gebruikt wordt als bergplaats voor de schoppen, troffels, borsteltjes, tekengerief. Ook kunnen ze er schuilen voor de regen en als het koud is, koffie en thee drinken.

In kleermakerszit kijkt hij geboeid toe hoe de takjes één voor één vlam vatten. Hij denkt aan het gesprek van die middag. Terwijl ze hun vondsten noteerden en in zakjes stopten, had Alexandre Dominique *Dominicus* genoemd, en werd Sebastien al vlug *Sebastianus*.

Vinciane maakte de opmerking dat hier, op deze plek, in deze villa, jongens en meisjes geleefd hebben met dezelfde gevoelens van blijdschap, twijfel, onzekerheid, verliefdheid, woede, angst. Die gedachte vonden ze allemaal bijzonder, en maakte iets in hen wakker: eigenlijk waren ze niet met dode dingen bezig.

Julie zegt, dromerig voor zich uit: 'Maar wie wáren ze? Zelfs hun namen kennen we niet...'

'We weten wel dat de meeste Galliërs toen hun kinderen Romeinse namen gaven,' zei monsieur Benoit, 'Primus, Aemilius, Quintus, Cornelius, Titus, Tiberius...'

'Caius...' viel Ward plots in.

'Caius...' herhaalt hij nu peinzend voor zich uit.

Ward legt de ring in zijn handpalm en ziet hoe het goud door het licht van de vlammen een diepe, gloeiende kleur krijgt. Zijn aandacht wordt er zó sterk door opgeslorpt, dat alles wazig en diffuus wordt. Hij krijgt de vreemde gewaarwording dat hij er niet meer is... dat er alleen nog de ring is, die fonkelt in het schijnsel van het vuur.

Twee

Caius staart dromerig naar het vlammenspel van het haardvuur. Hij zit op een laag houten bankje voor de grote schouw, zijn ellebogen op zijn knieën en zijn hoofd in zijn handen. Af en toe gluurt hij stiekem naar Lacrima, z'n moeder, en naar Marcus. *Ze zitten weer te tortelen, denkt hij. M'n moeder heeft als Marcus er is, geen aandacht voor mij. Dan ben ik lucht.* Caius zit te mokken.

'Caius?'

'Ja?'

'Zou je nog niet gaan slapen? De eerste **vigilia** is bijna voorbij!'

Daar heb je 't weer! denkt Caius. Hij antwoordt niet, blijft zitten en in het vuur staren. *Als Marcus er niet is, dan ben ik hier de baas, dan ben ik hier de man. En nu moet ik als een kleine jongen met de kippen op stok.*

'Kom Caius!' Hij hoort in haar stem een gebiedende toon. Hij vindt het raadzaam haar te gehoorzamen, want hij weet maar al te goed hoe vlug ze soms kwaad wordt. Caius voelt zich wel even te fier om in het bijzijn van Marcus een lading vinnige woorden te moeten incasseren. Hij zou zich schamen, en niet zo'n beetje. Hij verlaat zonder een woord of blik het woonvertrek, wetende hoe hij zijn moeder daarmee pijn doet.

Caius kan de slaap niet vatten... Met zijn ogen open ligt hij te luisteren naar de geluiden van de nacht. Het zachte ritselen van de wind in de eiken. Het plotse wiekgeklap van een uil, dan bijna onhoorbaar een kort angstig piepen van een veldmuis. In de verte een wolf die huilt.

Na een tijdje hoort hij zijn moeder naar haar slaapvertrek gaan, samen met Marcus.

Caius staat op. De bruinrode tegels voelen koud aan. Blootsvoets en geruisloos sluipt hij naar buiten, langs de witgekalkte muur, tot aan het raam van de slaapruimte van zijn moeder. Het houten luikje staat open, want de nacht is warm. Er brandt één enkel olielampje. Caius ziet hoe Marcus de sjaal van Lacrima's schouders neemt, daarna de fibulae, die haar tunica in de plooi houden, losmaakt. Eerst voelt Caius een vlaag van woede in zich opkomen, dan een mengeling van gevoelens die hij niet kan plaatsen. Hij is verbouwereerd, schaamt zich. Voor hij terug sluipt, kijkt hij nog even naar binnen, en ziet hoe zijn moeder straalt...

Marcus is een centurio, de aanvoerder van een centurie: een legereenheid bestaande uit tachtig soldaten.

Sinds vorige zomer zijn zij gelegerd in **Stabulum**. De soldaten hebben daar in een mum van tijd een kamp opgezet: barakken voor de soldaten, stallen voor de paarden en rondom een palissade: alles van hout.

Dat hout hebben ze gehaald uit de bossen, die als een brede haag rond de villa's zijn aangelegd. Ook uit het bos waar Caius woont haalden ze hazelaars, elze-

Twee

Caius staart dromerig naar het vlammenspel van het haardvuur. Hij zit op een laag houten bankje voor de grote schouw, zijn ellebogen op zijn knieën en zijn hoofd in zijn handen. Af en toe gluurt hij stiekem naar Lacrima, z'n moeder, en naar Marcus. *Ze zitten weer te tortelen, denkt hij. M'n moeder heeft als Marcus er is, geen aandacht voor mij. Dan ben ik lucht.* Caius zit te mokken.

'Caius?'

'Ja?'

'Zou je nog niet gaan slapen? De eerste **vigilia** is bijna voorbij!'

Daar heb je 't weer! denkt Caius. Hij antwoordt niet, blijft zitten en in het vuur staren. *Als Marcus er niet is, dan ben ik hier de baas, dan ben ik hier de man. En nu moet ik als een kleine jongen met de kippen op stok.*

'Kom Caius!' Hij hoort in haar stem een gebiedende toon. Hij vindt het raadzaam haar te gehoorzamen, want hij weet maar al te goed hoe vlug ze soms kwaad wordt. Caius voelt zich wel even te fier om in het bijzijn van Marcus een lading vinnige woorden te moeten incasseren. Hij zou zich schamen, en niet zo'n beetje. Hij verlaat zonder een woord of blik het woonvertrek, wetende hoe hij zijn moeder daarmee pijn doet.

Caius kan de slaap niet vatten... Met zijn ogen open ligt hij te luisteren naar de geluiden van de nacht. Het zachte ritselen van de wind in de eiken. Het plotse wiekgeklap van een uil, dan bijna onhoorbaar een kort angstig piepen van een veldmuis. In de verte een wolf die huilt.

Na een tijdje hoort hij zijn moeder naar haar slaapvertrek gaan, samen met Marcus.

Caius staat op. De bruinrode tegels voelen koud aan. Blootsvoets en geruisloos sluipt hij naar buiten, langs de witgekalkte muur, tot aan het raam van de slaapruimte van zijn moeder. Het houten luikje staat open, want de nacht is warm. Er brandt één enkel olielampje. Caius ziet hoe Marcus de sjaal van Lacrima's schouders neemt, daarna de fibulae, die haar tunica in de plooi houden, losmaakt. Eerst voelt Caius een vlaag van woede in zich opkomen, dan een mengeling van gevoelens die hij niet kan plaatsen. Hij is verbouwereerd, schaamt zich. Voor hij terug sluipt, kijkt hij nog even naar binnen, en ziet hoe zijn moeder straalt...

Marcus is een centurio, de aanvoerder van een centurie: een legereenheid bestaande uit tachtig soldaten.

Sinds vorige zomer zijn zij gelegerd in **Stabulum**. De soldaten hebben daar in een mum van tijd een kamp opgezet: barakken voor de soldaten, stallen voor de paarden en rondom een palissade: alles van hout.

Dat hout hebben ze gehaald uit de bossen, die als een brede haag rond de villa's zijn aangelegd. Ook uit het bos waar Caius woont haalden ze hazelaars, elzebomen, grove dennen – de mooi rechtgegroeide exemplaren – jonge beuken en rijzige prachteiken.

De moeder van Caius had er aanvankelijk bezwaar tegen: het bos rond de villa gaf haar een gevoel van veiligheid, en het waren de jongste en meest gezonde bomen die werden geveld. Maar er werd een goeie prijs voor betaald. Daarom stemde ze uiteindelijk toe, want het geld had ze hard nodig: ze had een muur laten bouwen rond de binnenplaats en verbouwingswerken laten uitvoeren in de baden. Daarbij kwam nog dat ze het aanbod gekregen had een groot deel van de graanopbrengst aan het leger te verkopen. Dat was een meevaller.

Tijdens deze transacties had Caius' moeder Marcus leren kennen.

Caius herinnert zich nog goed hoe verontwaardigd hij en zijn zusjes, Claudia en Valentina, waren geweest. Hun vader, Octavius Ianetus Germanus, was amper een jaar geleden gestorven en nu was hun moeder – na al haar tranen, na al haar verdriet – weer smoorverliefd... en dan nog niet eens op een man uit de streek, nee, op een Romeinse centurio!

Caius herinnert zich nog die eerste keer dat Marcus speciaal voor zijn moeder gekomen was. Het was een mooie, zonnige dag in september, zij was appels aan 't plukken in de boomgaard. De kleine rode appeltjes, die de gelei die ze ervan maken zo'n mooi roze kleur geven, legde ze in een grote mand, gevlochten uit wilgetenen. Af en toe wreef ze er ééntje langs haar kleed, tot hij blonk, en at hem dan op. Caius lag zonder dat ze het wist in het hoge gras naar haar te kijken. Ze had weer zo'n onbetrouwbare dag;

zo'n dag waarbij je van alles van haar kon verwachten: tranen, maar ook lachen en gek doen. Een dag waarop ze je zomaar kon vastpakken en een zoen geven, maar evengoed een oorvijg voor een kleinigheid...

Toen kwam Marcus eraan. Zijn helm met rode pluimen droeg hij onder de arm. Hij had een open, gebruind gezicht, zwart haar en – nogal ongewoon voor een zuiderling – lichtblauwe ogen, waar lichtjes in blonken als hij naar Caius' moeder keek.

'Ik heet Marcus Tullius Natator,' zei hij.
'Ik ben **Lacrima**,' zei z'n moeder.
'Lacrima **Laetitiae**?' vroeg hij.
'Nee.'
'Lacrima **Tristitiae**?'
'Nee, alleen maar Lacrima.'

Vreemd, had Caius gedacht, *haar naam is Micia Dometia*. Lacrima betekent traan en was een troetelnaampje dat Caius haar op een avond gegeven had toen ze heel verdrietig was. En toen hij haar zo noemde – Lacrima – had ze geglimlacht.

Caius schrikt wakker van het ongeduldige getrappel van Marcus' paard. Hij hoort Marcus praten met zijn moeder. In gedachten ziet hij Lacrima in een wit zijden kleed en Marcus in een rode tunica en een harnas: bronzen plaatjes aan een wambuis genaaid, een rode halsdoek en een korte rode mantel, op de schouder met een fibula bijeengehouden.

Dan hoort hij hoe Marcus zijn paard de sporen geeft en al gauw sterft de hoefslag in de verte weg. Caius moet toegeven dat Marcus een behendige ruiter is, en zijn witte paard Borysthenes is snel als de wind.

Hij moet tegen **het eerste uur** terug in het kamp zijn. Een gewone soldaat is het niet toegestaan om zonder opdracht het kamp te verlaten: daar staat een fikse straf op! Caius moet glimlachen als hij terugdenkt aan die keer dat Marcus een typisch Romeins gezegde aanhaalde: *'Quod licet Jovi, non licet bovi'*: wat toegelaten is aan Jupiter, is het daarom nog niet aan een rund.

Caius hoort dat zijn moeder terug naar bed gaat. Het is nog te vroeg om op te staan. Wakker of niet, hij ligt wel lekker. Als hij niet kan slapen denkt hij aan leuke dingen, en nu is dat het feest van morgen. Hij krijgt er het water van in de mond als hij denkt aan de geurige marinades die zijn moeder en Severina, de keukenmeid, vandaag al klaarmaakten om er het vlees een nachtje in te laten weken, vooraleer het morgen op meesterlijke manier te braden...

En hij sluimert weer in...

Drie

Ward wordt wakker, zijn hand glijdt onder zijn hoofdkussen. Hij schrikt, de ring is weg. Maar dan begint het gebeurde van gisteravond tot hem door te dringen. Aanvankelijk heel vaag, maar al gauw wordt alles scherp en duidelijk. Nog even is er het gevoel alles gedroomd te hebben, maar dan weet hij het allemaal weer en is maar al te blij dat zijn nachtelijke expeditie geslaagd is.

Hij ruikt koffie. Vlug springt hij zijn bed uit, een plasje en een kattewasje, en snel naar beneden.

Monsieur Benoit en zijn vrouw Annie zijn al aan 't ontbijten. De koffie geurt heerlijk; krijgt hij nooit van zijn moeder, maar hij lust het wel: met een scheut warme melk en twee suikerklontjes: heerlijk!

Verbeeldt Ward het zich nu, of kijkt monsieur Benoit hem vragend aan? Ward slaat zijn ogen neer en begint haastig aardbeienjam op zijn boterham te smeren.

Tegen negen uur stappen monsieur Benoit en Ward in de auto.

Ze rijden door het zonovergoten, heuvelachtige landschap: glooiende weilanden, in zachte, milde groentinten, hier en daar een sparrebosje veel donkerder groen, een korenveld in lichtgevend oker.

De uitgestrekte weiden krijgen reliëf door een groepje populieren, een uitdeinende meidoornhaag, een grote eenzame eik, en drie trotse esdoorns.

Aan de voet van een cuesta, midden in zo'n weide, ligt de site, een twintigtal meter van de rand van een sparrebos. In de verte de grijze, leien daken en het kleine kerktorentje van Habay-la-Vieille.

Julie, Vinciane, Alexandre, François, Dominique, Sebastien en Youri zijn er al. Ward ziet hoe ze gebaren en wijzen naar de plek waar hij het vuurtje stookte. Hij voelt een wee gevoel in zijn maag.

Ze opperen allerhande veronderstellingen: een landloper, een verliefd koppeltje, een late wandelaar...

'Niet mogelijk!' zegt monsieur Benoit, terwijl hij hen één voor één onderzoekend aankijkt. 'Ik denk dat het één van jullie was. Iemand die hier niets te maken heeft weet echt niet dat er op deze plek een haard geweest is!' En op strenge toon: 'Ik wil niet dat er nog meer van zulke grappen worden uitgehaald!'

En dan vervolgt hij op heel andere toon: 'Vandaag beginnen we het terras af te graven. Interessant is, dat deze plek voor de aanleg van het terras, gebruikt werd om allerhande afval op te stapelen. Dus veel kans dat we één en ander zullen vinden! Met een zestal kunnen we hier aan de slag.'

Ook Ward wordt aangewezen.

Verdorie... denkt hij, want hij popelt om in de kelder te werken en de ring te voorschijn te halen. Maar om geen argwaan te wekken durft hij het niet te vragen.

Alexandre, die vaak de leiding neemt en bevelen geeft, maar eigenlijk niet zo graag hard werkt, meet een vak af van een drietal meter lang en anderhalve meter breed. Julie zet de piketten op de hoeken en spant het touw. François, Sebastien en Ward steken de plaggen gras weg tot er een mooi afgelijnd rechthoekig stuk grond klaar ligt om afgegraven te worden.

Ieder bakent voor zichzelf een lapje grond af. Met hun troffel schrapen ze de aarde op een *ramassette*: een groot stevig blik met een tweede handvat. Wat ze vinden leggen ze in een grote plastic doos; de aarde wordt in een kruiwagen gegooid, die telkens als hij vol is door één van de jongens wordt leeggekieperd op een grote hoop.

De zon brandt op hun hoofd, rug en schouders. Af en toe slaan ze een daas weg die in hun arm steekt. Ze werken zwijgend. Al wat je hoort zijn de troffeltjes in de grond, het gezoem van bijen en het gefluit van vogels in het bos.

Maar François is de enige die wat vindt: een paar verkoolde graankorrels.

Dominique en Vinciane, die op een andere plek werken, hebben meer geluk. Ze vinden een aantal scherven van rood aardewerk, waarvan de buitenkant bedekt is met een zwart laagje met een metaalachtige glans. Het zijn stukken van eenzelfde vaasje en in een paar ervan zijn letters gekrast, waarschijnlijk letters van een naam. Op één scherf staat O, op een andere IMI, en op nog een andere OL.

De vondst geeft aanleiding tot een uitbundig gedrag bij Dominique en Vinciane, die met een overmaat aan ijver verder graven. Meer vinden ze echter niet. Maar wel nog een munt als ze de aarde van hun kruiwagen nog eens extra onderzoeken: een gave zilveren munt van Gordianus III. Aan de voorkant staat zijn beeltenis in profiel. Aan de achterkant wordt de *blijdschap* afgebeeld, als een vrouw met een kroon op haar hoofd en in haar handen een anker en een lans.

Iedereen wil de munt bekijken.

'Wat een mooie kop!' zegt Vinciane.

'Hé,' zegt Dominique, 'was dat niet die jongen, die al op zijn dertiende tot keizer gekroond werd?'

'Inderdaad!' zegt monsieur Benoit.

'Daar wil ik wel iets meer over horen...' zegt Vinciane, terwijl ze Dominique een por in de zij geeft: 'Ongelooflijk: twee jaar jonger dan jij en dan al keizer!'

Monsieur Benoit vertelt dat Gordianus door het leger tot keizer werd gekroond en een eind maakte aan de burgeroorlog. Dat was in 238 na Christus, het jaar dat Rome zes keizers had, die de een na de ander werden vermoord. Gordianus was zeer geliefd bij alle lagen van de bevolking, maar vooral bij de soldaten. Aan het hoofd van het leger trok hij ten strijde tegen de Perzen. Tijdens deze veldtocht werd hij ziek en stierf, volgens sommigen vergiftigd. Hij was toen negentien.

'Zonde!' zucht Vinciane.

Het is bijna twaalf uur. Ze zijn blij dat ze kunnen stoppen, want het is erg warm en drukkend.

Honger hebben ze niet, wel grote dorst. Hun frisdrank is dan ook snel op.

Sebastien heeft twee grote watermeloenen meegenomen.

'Lekker!' roepen de anderen. Met zijn zakmes snijdt Sebastien de groene vruchten met het rozerode vlees in grote parten. Ieder neemt een stuk. Het sap loopt hen langs de kin en over hun handen: dit smaakt beter dan boterhammen. Ze blazen de pitjes naar elkaar en elke keer als 't raak is, lachen ze; vooral Vinciane is het doelwit. Als deze opstaat, roept Dominique, wijzend op Vincianes billen in haar strakke jeans: 'Kijk eens wat een mooie schietschijf!' Het gevolg is een robbertje vechten tussen die twee. Vinciane wordt door iedereen aangemoedigd en ze slaagt erin Dominique in een wurggreep op zijn rug te krijgen waaruit hij zich niet kan losmaken.

'Genade...' smeekt hij.

'Pap met chocolade!' antwoordt Vinciane triomfantelijk.

Na de picknick besluiten ze een uurtje te rusten aan de rand van het bos.

Ward heeft er behoefte aan om even alleen te zijn en gaat wat verder het bos in. Hij ademt diep: de rust en de koelte doen hem goed. Hij gaat liggen op het tapijt van bruine sparrenaalden, kijkt naar de hoge kruinen. Zijn aandacht wordt getrokken door een klein venstertje blauwe lucht...

Vier

Caius ligt op zijn rug, tussen de hoge adelaarsvarens, te kijken naar de kruinen van de bomen, waar hier en daar een straal licht het dichte bos binnendringt.
 Vandaag wordt er niet gewerkt. Het is zes juli, de feestdag van Apollo, god van de gezondheid. Vroeger, weet Caius, toen de Romeinen er nog niet waren, werd één van hun eigen Gallische goden, Grannus, hiervoor aanbeden. Maar nu zijn ze al lang geen Galliërs meer. Ingelijfd in dat grote Rijk zijn ook zij Romeinse burgers en aanbidden ook zij de Romeinse goden. De druïden zijn er niet meer. De priesters die instonden voor de offers en de heilige rituelen, die recht spraken, die de sterrenbeelden bestudeerden, voorspellingen deden, en die aan de hand van de maanstanden en zonnekalenders wisten wanneer er gezaaid, geplant en geoogst moest worden. Deze wijze, invloedrijke mannen wilden zich niet aanpassen aan de Romeinse gebruiken. Daarom werden ze vervolgd en uitgemoord.

In de villa wordt een feestmaal gegeven ter ere van Apollo.
 Grootvader zal er zijn; en Onesimus, de Griekse slaaf, van wie Caius, Claudia en Valentina les krijgen; ook de inwonende knechten Titus en Secundus met hun vrouwen, Friomathinia en Flavia. Zelfs Severus,

de smid, en Lupilinius, die brons kan gieten, en die niet alleen in de smidse werken maar er ook wonen, en die er altijd zo vuil en zwart uitzien, zullen er zijn. En... – nu klaart Caius' gezicht helemaal op – Iulia komt ook, met haar ouders, de eigenaars van de villa, aan de overkant van de **Ruris**.

Caius voelt wel wat voor Iulia. Ze is heel mooi, vindt hij: met haar bruine ogen en haar lange zwarte haar, en dat grappige kuiltje in haar linkerwang... Hij glimlacht als hij denkt aan de radde antwoorden die zij overal op geeft en die hem soms zo verlegen maken. Maar het brengt hem nog meer in verwarring wanneer ze lief en zacht is, zoals de laatste keer, toen ze samen even alleen geweest waren.

Het is al enkele maanden geleden dat hij haar voor 't laatst zag: ze zal veertien geworden zijn, net als hij.

Zijn gemijmer wordt verstoord door zijn twee jongere zusjes die op hem toelopen.

Claudia draagt een lichtblauwe tunica, Valentina een witte; allebei hebben ze een krans van lievevrouwbedstro en maagdenpalm in hun blonde haar gevlochten: een krans van groen en wit en blauw... *Net twee op hol geslagen bosnymfjes*, denkt Caius glimlachend.

Claudia roept: 'Waar blijf je nu toch? De gasten komen eraan! Laten we ons haasten!'

Dat moet je Caius geen twee keer zeggen! Als een pijl uit een boog schiet hij er vandoor, op de voet gevolgd door de andere twee. Behendig ontwijken ze bomen en struiken, bukken zich voor laaghangende takken, springen over beekjes en doornige braamtakken.

Buiten adem en lachend komen ze aan bij de villa. Iulia komt op hen toe. Verrast blijft Caius staan: *ze is nog mooier dan de vorige keer*, denkt hij. Terwijl zijn zusjes Iulia meisjesachtig-uitbundig begroeten, bekijkt hij haar: ze draagt een saffraangele tunicopallium, haar haar is kunstig opgestoken met hier en daar een toefje lichtgele kamperfoelie.

Dan kijkt ook Iulia hem bewonderend aan: 'Je bent gegroeid, Caius!'

Verlegen geeft hij haar een hand.

Ze openen de poort, stappen over de binnenplaats, waar het praten en lachen hen al tegemoet komt. Ze gaan de villa binnen en begroeten iedereen. De meesten liggen al op sofa's aan de feestdis; zij die geen plekje meer vonden op één van de banken, zitten in een rieten stoel.

De jongelui krijgen elk een beker Mulsum: witte wijn gemengd met honing.

Ook Marcus is er. Caius merkt dat zijn moeder bedrukt kijkt als deze vertelt over de toenemende invallen van de Germanen aan de Rijn en de Donau. Vooral rond **Vetera**, waar het dertigste legioen gelegerd is, is het uiterst woelig. En er zijn geruchten dat er versterking gevraagd zal worden om de invallende Germanen af te weren. Het is best mogelijk dat ook de eenheden gelegerd in Stabulum ingeschakeld zullen worden. De kans zit er dus in dat Marcus zal moeten gaan vechten. Maar hij is geen vechtjas, vertelde Lacrima hen. Marcus heeft er eigenlijk spijt van dat hij reeds op heel jonge leeftijd koos voor een soldatenloopbaan.

Friomathinia en Flavia dienen de schotels op:

fazantepasteien, geroosterd damhert in ajuin-rabarbersaus, gebraden eend gekruid met dille, koriander en tijm. Alles geschikt op grote zilveren en vertinde bronzen schalen. Iedereen laat het zich heerlijk smaken en ondertussen wordt er druk gepraat.

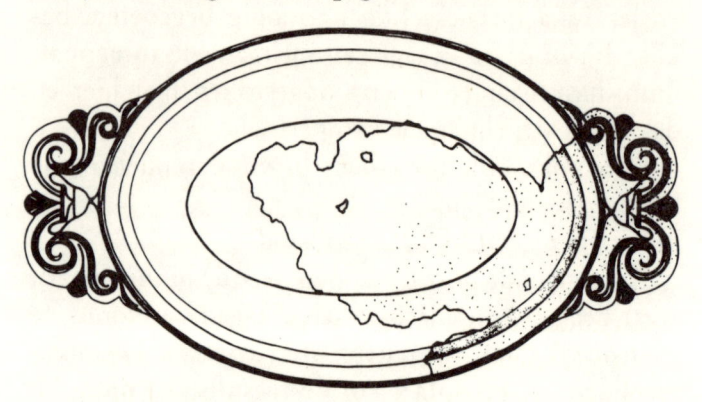

Ook aan de desserten doet iedereen zich te goed: griesmeelpudding, op smaak gebracht met geurige rozeblaadjes, ontpitte dadels gevuld met notenpasta en warme honingwafeltjes.

Er wordt veel wijn gedronken, witte wijn van de **Mosella**. De drie meisjes proberen het zonlicht te vangen in de vloeistof van hun glazen en te weerkaatsen naar Caius' gezicht. Iulia heeft veel plezier en ook de lichtjes in haar ogen weerkaatsen in die van Caius.

Vergeefs probeert Caius te verstaan waarover Claudia en Iulia aan 't fluisteren zijn. Af en toe giechelen ze en kijken hem even glimlachend aan... Hij haalt zijn schouders op.

Hij luistert dan maar naar Severus, die het heeft over een nieuw soort maaigereedschap dat hij heeft zien gebruiken op een landerij, een tiental mijl verderop. Het is een wagen op wielen, voorzien van een rij messen en voortgeduwd door een ezel. Erachter stapt de maaier om het geheel in juiste banen te leiden en de juiste maaihoogte te regelen. Ervoor loopt een man die met een stok de graanhalmen tegen de messen aanduwt, zodat de aren worden afgesneden en in een grote bak vallen.

'*Dat zou ook voor ons bedrijf een grote vooruitgang kunnen betekenen,*' meent Severus, '*want urenlang gebukt onder de hoogzomerzon werken met een sikkel is zware arbeid.*'

Secundus, de opzichter van de werken op het land, is al snel laaiend enthousiast en vraagt of Severus, die toch een prima smid is, niet samen met Lupilinius zo'n wagen zou kunnen maken?

De vader van Iulia weet echter te vertellen dat hij het ook heeft zien gebruiken, maar dat het werk veel minder nauwkeurig gebeurt dan met de hand: heel wat graanhalmen worden vertrapt en gaan verloren.

'Vlug werk, slecht werk,' zegt hij, terwijl hij een restje honing van zijn vingertoppen likt.

'Dàt kan ik van mijn mannen niet zeggen!' werpt Lacrima op, en zich richtend tot de ouders van Iulia: 'Hebben jullie de omheining gezien? In minder dan één maand gebouwd, en prima werk! En ik liet naast de baden een terras aanleggen, gericht naar de zonnekant en door de muur beschut tegen de noordenwind. Op die plek staan een tiental cypressen die we als éénjarige boompjes meegebracht hebben uit Zuid-Italië. Octavius en ik verbleven daar een paar maanden, toen we pas getrouwd waren.'

Caius merkt dat zijn moeder naar Marcus kijkt.

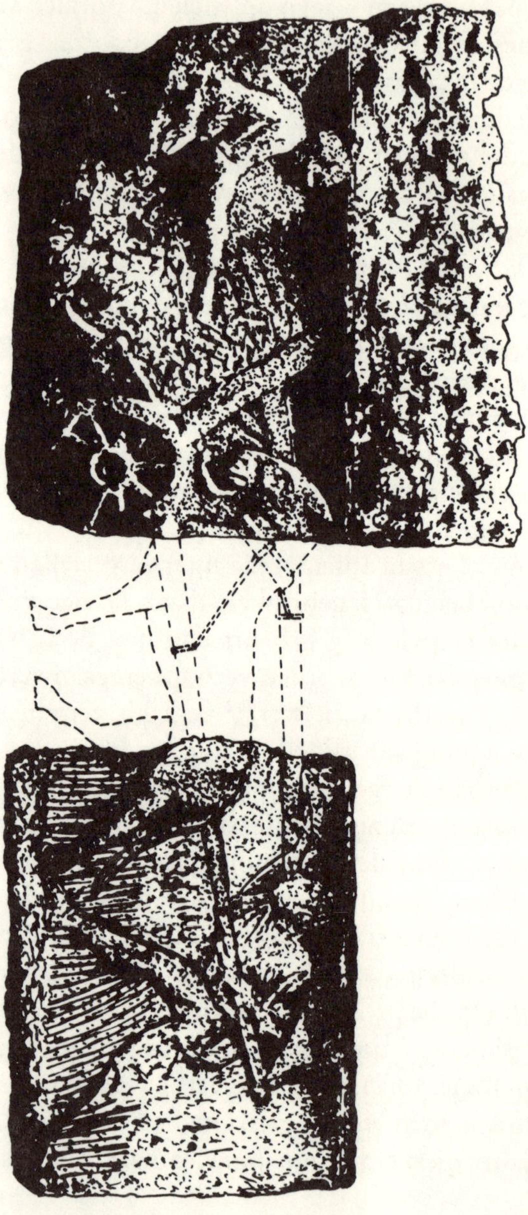

Hij vraagt zich af wat ze nu denkt. Hij speurt naar een vleugje verdriet, maar op haar gezicht valt niet het minste spoortje treurigheid of emotie te lezen.

'En tussen die hoge, ranke, uitheemse bomen naast het beekje liet ik een marmeren beeld plaatsen,' vervolgt Lacrima. 'Venus, de godin van de liefde, die geboren wordt uit het schuim van de zee.'

Caius ziet dat zijn moeder weer naar Marcus kijkt, maar nu glimlacht ze.

'Straks kunnen we daar even napraten en nog wat drinken, jullie zullen zien: het is een héérlijk, exotisch plekje. Kan ik jullie tegelijk de vernieuwde baden laten zien. Voor de muren van het lauwwaterbad koos ik een blauw en rood bloemmotief, in dezelfde kleuren als de mozaïekvloer. Het heetwaterbad liet ik schilderen in egaal oker, met groene klimopbladen afgezet en voor het koudwaterbad bleven de muren puur wit, om het verfrissende effect te versterken. Ik liet het doen door een schilder, die een tijdje in Rome verbleef om zich in zijn vak te vervolmaken en die er heel wat nieuwe ideeën opdeed... En ook die leverde prachtig werk, in korte tijd!' voegt ze er lachend aan toe, in de richting van Iulia's vader.

'Wat een luxe!' zucht Iulia's moeder. Ze kijkt een beetje verongelijkt naar haar man, want deze is helemaal niet te vinden voor enige vorm van comfort. *Romeinse naäperij* noemt hij dat.

'We blijven niet lang meer binnen, in de schaduw op het terras zal het zalig zijn,' stelt Lacrima voor.

'Je bent niet alleen een watervrouw, je bent ook een zonnevrouw!' lacht Onesimus haar toe. Ze lacht terug. Hoewel Onesimus een slaaf is, wordt hij door

Lacrima en haar kinderen beschouwd als een vriend, als een gelijke.

Onesimus begint een uiteenzetting over de zon, die energie geeft aan lichaam en geest. Daarna schakelt hij over op de geneeskrachtige werking van wisselbaden.

Caius weet dat zijn leraar héél interessante dingen vertelt, maar als hij iets te veel wijn gedronken heeft, lang, ontzéttend lang van stof is...

Daarom houdt Caius het voor gezien en wenkt zijn zusjes en Iulia. Stil sluipen ze er van onder.

Het is snikheet op de binnenplaats. Geen kip, eend of gans die zich hier nu waagt: die houden zich gedeisd in de schaduw.

Valentina stelt voor naar de Ruris te gaan: daar zal het koeler zijn. De anderen stemmen in.

Ze gespen hun sandalen los en stappen blootsvoets door het gras tot aan de rivier. Het is niet ver, maar onder de blakende zon en na het copieuze feestmaal loopt het zweet al gauw in straaltjes van hun gezicht en het gemurmel van het water over de stenen klinkt hun in de oren als sirenenzang.

Ze bengelen hun benen in het riviertje en met hun handen scheppen ze water in hun gezicht. Het water is glashelder; de keien op de bodem laten zich door de zon beschijnen.

'Weten jullie nog, twee zomers geleden, toen hebben we hier op dezelfde plek gebaad,' zegt Iulia. 'Toen was het ook zo warm.'

'Ja! Maar toen waren we nog klein,' lacht Claudia. 'Zoals Valentina. Die moet nog twaalf worden.'

'Ik bén niet klein meer!' protesteert Valentina, haar neus in de lucht.

'Het zou heerlijk zijn', zegt Caius, met twee ondeugende lichtjes in zijn ogen. 'Zullen we...?'

In een mum van tijd liggen de tunieken in het gras, én de bloemenkransen, en plonzen vier jonge lijven het water in. Ze lachen en joelen.

'We zijn nog klein, we zijn nog klein!' zingt Claudia. De anderen vallen in, behalve Valentina, die roept: 'Niet waar!' En ze schateren.

De zon tovert diamanten in de opspattende waterdruppels...

Na een hele poos plezier stapt Caius op het droge en trekt vlug zijn tunica over zijn hoofd: de stof plakt op zijn natte buik.

Ook de meisjes willen het water uit, maar durven niet omdat Caius naar hen kijkt.

'Draai je om!' gebiedt Claudia.

Maar dat doet Caius niet. Hij pakt Iulia's gele tunicopallium.

'Kom,' zegt hij, en houdt uitnodigend de kleurige zijden stof open. Iulia stapt uit het water en komt naar hem toe. Haar lange zwarte haar, dat zo feestelijk was opgestoken, hangt nu los op haar schouders en rug.

'Kom dan toch!' zegt hij, als hij ziet dat ze aarzelt. Hij plooit het kleed om haar heen en speldt het met twee fibulae op haar schouders vast.

'Ik mag je graag,' fluistert hij.

Ook Claudia en Valentina komen nu op de kant en helpen elkaar met de spelden.

'Jammer, onze bloemenkransen zijn aan 't verwelken,' zegt Claudia.

'Maar hij ruikt nog wel!' zegt Iulia, terwijl ze languit in het gras gaat liggen.

Caius voelt zich blij: hij geniet van de warmte van de zon na het frisse bad, Iulia naast hem, en een vage geur van kamperfoelie in de lucht...

Vijf

Ward wordt wakker door een bloemengeur en gekriebel onder zijn neus. Als hij zijn ogen open doet, kijkt hij recht in het lachende gezicht van Julie. Ze speelt met een takje lichtgele bloempjes.
'Ook ruiken kun je 't best met je ogen dicht!' fluistert ze.
'Kamperfoelie!' zegt Ward verbaasd.
Hij kijkt haar vragend aan als hij ziet dat Julie een geel badpak draagt.
'We gaan zwemmen in de Rulles!' zegt ze. 'Het is veel te warm om te werken, en monsieur Benoit ligt daar al een half uur te snurken!'
Ook Vinciane heeft zich al omgekleed en haar rode bikini die ook al iets te strak zit, wordt de hemel in geprezen.
De jongens hebben hun zwembroeken niet bij zich, maar in hun onderbroek kunnen ze ook best het water in.
'Nadien laten we die wel drogen aan de mast!' lacht Youri.
Sebastien voelt zich een beetje onzeker in zijn niet-meer-zo-gloednieuwe onderbroek. Dominique daarentegen voelt zich stoer in zijn boxershort en blote bast. Hij is zich maar al te goed bewust van zijn brede schouders en gespierde benen. Bovendien is hij mooi bruingebrand na een vakantie in Portugal.

Het water is kouder dan ze dachten. Even twijfelen ze, stappen dan heel voorzichtig op de gladde keien. Ze voelen de stroming langs hun benen, heerlijk is dat!

'Daar ga ik!' roept Vinciane. De kleine rode bikini verdwijnt onder water en de anderen duiken er achteraan.

Ze hebben dolle pret, ze duwen elkaar kopje onder, zwemmen tussen elkaars benen door. Dominique en Alexandre grijpen Vinciane vast en jonassen haar in het water. Hun plezier kan niet op!

Ward blijft zoveel mogelijk in de buurt van Julie. Hij had haar graag af en toe even aangeraakt, onder water, de anderen zouden het niet in de gaten hebben. Hij durft niet. Julie evenmin. Af en toe glimlachen ze elkaar toe.

'Au!' Ward voelt plots een hevige pijn aan zijn rechterarm. Hij stootte zich aan een scherpe steen en de wond begint flink te bloeden.

François neemt de enige handdoek, een mooie witte van Julie, en windt hem rond de arm van Ward.

Ze lopen naar de site terug, waar monsieur Benoit weer aan de slag is gegaan.

'De wond uitwassen hoeft al niet meer te gebeuren,' zegt hij. 'Wel goed ontsmetten en een stevig verband erom. De snee is gelukkig niet diep en hoeft niet gehecht te worden.' Uit het busje haalt hij de verbandtrommel, die Julie hem uit handen neemt: 'Ik doe het wel!' zegt ze.

Ward zegt plagerig tegen haar: 'Zo... ik wist niet dat jij voor verpleegster studeert?'

Ze kijkt hem kwaad aan: 'Stommerik!' zegt ze, 'ik word archeoloog, net als jij!'

Aan monsieur Benoit vraagt ze of hij kan vertellen hoe zo'n wond werd verzorgd in de Gallo-Romeinse tijd. Die vraag stelt ze niet zozeer uit interesse, maar meer om hem te paaien, want ze weet niet goed of hij niet een beetje kwaad is om het voorval.

'Straks,' zegt hij. 'Eerst even laten zien wat ik gevonden heb.' Hij wacht enkele seconden om er de spanning in te houden en wandelt dan weer terug naar het busje. De anderen volgen hem nieuwsgierig.

Ward krijgt het benauwd. Zou hij de ring...?

Monsieur Benoit zegt enkel: 'The missing link!' en geeft een potscherf door. Er staan drie letters op: N E S...

Als hij de scherf terug heeft, legt hij haar zwijgend naast de andere stukken die Vinciane en Dominique al hadden gevonden. Ze lezen: ONESIMI OL. Ze beseffen plots dat de letters, gekrast in de pot, verwijzen naar de naam van een persoon die hier zoveel eeuwen terug leefde. Ze worden er helemaal stil van.

Ward voelt een duizeling opkomen, door de warmte, de emotie en de pijn, en hij gaat in het gras zitten...

Als in een droom ziet hij de anderen staan. Het is alsof hij er niet meer bij is. De stem van monsieur Benoit lijkt van heel ver weg te komen...

'Onesimus...'

Zes

'Onesimus!' roept Caius, buiten adem. Hij is lijkbleek. Zijn rechterarm bloedt hevig. Donkerrode strepen besmeuren zijn groene tunica.

In horten en stoten vertelt hij wat er gebeurd is.

Hij had de vorige avond, na het feest nog, strikken gezet voor de konijnen en toen hij vanochtend ging kijken, had hij geen konijntje gevangen, maar wel een klein vosje dat verwoede pogingen deed om zich los te rukken. Caius had het kleine spartelende, rossigbruine hoopje willen helpen, maar toen hij met zijn scherpe mes het touw doorsneed, zette het diertje zijn kleine, maar vlijmscherpe tandjes in zijn arm. Daarna was het weggevlucht.

Onesimus wil de wond bekijken, maar die bloedt te hevig. Eerst wast hij de arm met veel water en na een nauwkeurige inspectie windt hij zo strak mogelijk een linnen doek rond de arm. Hij zegt tegen Caius zijn arm omhoog te houden: dan zal het bloeden eerder stoppen.

Onesimus gaat naar buiten, naar het zonnige hoekje, waar hij naast de keukenkruiden ook geneeskrachtige planten kweekt. Hij plukt een aantal bladeren van een hoog opgeschoten plant met roze bloemen: maluwe.

'Veel pijn?' vraagt hij. Caius knikt.

Onesimus gaat de bladeren pletten en fijnwrijven

in een **wrijfschaal**, voegt er een scheutje olijfolie aan toe, gaat nog even door met mengen, brengt alvorens deze te verbinden het papje aan op de wond met repen linnen.

'Dit doen we iedere dag opnieuw, tot de wond mooi geheeld is, anders riskeren we een ontsteking. Het zou je trouwens goed doen een lauw bad te nemen, daardoor zal de pijn wat wegtrekken. En voeg wat gedroogde lavendel en salie bij het water.'

'Ga jij wel naar de markt deze week, ondanks je arm?' vraagt hij.

Caius knikt.

'Kun je dan een **collyrium** voor mij meebrengen? Wacht, ik kras de naam even in dit scherfje: THEOCHISTUM. Het is voor je grootvader, hij klaagt al een tijdje dat hij zo slecht ziet en last heeft van tranende ogen. Je moet ervoor bij Philippos zijn, je weet wel, die Griekse invoerder van zalfjes en kosmetische producten. Vorig jaar was jij er toch bij toen ik medicijnen bij hem kocht? Weet je nog? Jij hebt toen voor je moeder lavendelparfum gekocht, in zo'n mooi blauw flaconnetje...'

'Ja, ik herinner het me nog...' antwoordt Caius afwezig. Een beetje balorig voegt hij eraan toe: 'Maar nu krijgt ze van iemand anders parfum in blauwe flaconnetjes!'

'Niet flauw doen, Caius. Je bent nu echt al te groot om aan je moeders rokken te hangen,' zegt Onesimus. 'En je moeder is niet van jou. Of wel soms?'

Caius wil tegenpruttelen, maar hij houdt zich in, want hij weet dat Onesimus gelijk heeft.

En of de goden er zich mee moeien, kondigt hoefgetrappel het bezoek aan van Marcus.

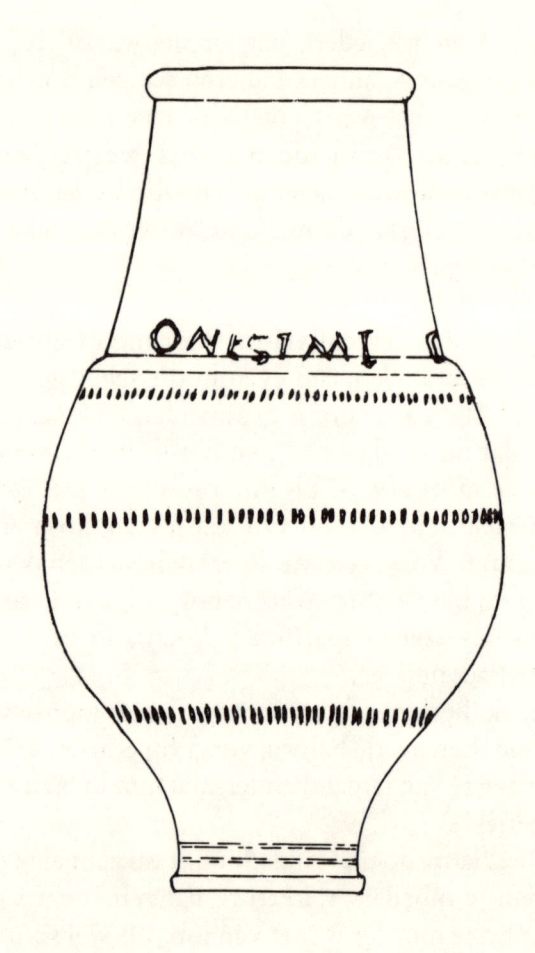

'Is ie daar nu weer?' vraagt Caius verbaasd, en in zijn lichtblauwe ogen trekken donkergrijze regenwolken voorbij. Onesimus die dit ziet, kijkt even spottend naar Caius, die beschaamd zijn ogen neerslaat.

'Maar je hebt gelijk, het is vreemd dat Marcus hier al terug is, en op een erg ongewoon uur. Hij zal daar wel een reden voor hebben!'

'Hiermee kun je betalen,' zegt Onesimus. En hij neemt een sestertius uit een vaasje, waarin met slordige letters zijn naam staat gekerfd.

Zeven

'Onesimi...'

Ward hoort de stem van monsieur Benoit, die plechtig klinkt: 'Onesimi... waarschijnlijk een genitief, en dan betekent het: van Onesimus.' Hij kijkt erbij of hij zojuist de eer had kennis te maken met Onesimus in hoogsteigen persoon.

'En OL zijn dan de beginletters van zijn tweede naam. Het zou prachtig zijn als we ook die naam zouden kunnen vinden! Kom, we zoeken verder.'

Enthousiast gaan ze weer aan de slag. De warmte kan hen nu niet meer deren.

Alleen Ward is helemaal van streek. Hij voelt zich duizelig en loom.

Ze vinden nog een aantal scherven van de vaas, maar in geen enkele ervan zijn letters gekrast.

'Vanavond zoeken we even op welke naam het geweest zou kunnen zijn, hè Ward?' zegt monsieur Benoit, die merkt dat er iets scheelt. 'Blijf maar even in de schaduw zitten, dan knap je wel op.'

's Avonds haalt hij twee boeken uit zijn stoffige bibliotheek: een studie over vrijwel alle Romeinse grafmonumenten die in Europa gevonden werden, en een werk waarin ze de betekenis kunnen vinden van Griekse en Romeinse namen.

Ondertussen bekijkt Ward met veel interesse drie

tekeningen: naakte vrouwen in wit krijt op grof, bruin papier. Een van de vrouwen is hoogzwanger.

Hij heeft niet in de gaten dat monsieur Benoit glimlachend achter hem staat. 'Mijn dochter Frédérique heeft die getekend,' zegt hij. 'Vind je 't mooi?'

Vol bewondering knikt Ward.

Ze schuiven hun stoelen onder de oude, eiken tafel en zoeken samen de namen op die beginnen met OL.

OLYMPUS komt het meest voor, een enkele keer ook OLYMPIUS, OLYMPICUS, OLYMPINUS, OLYMPIODOR en OLYMPIODORUS. Ward heeft al vlug gevonden dat deze namen van Griekse oorsprong zijn en betekenen: *diegene die in de Olympische God gelooft.*

Daarna zoeken ze de betekenis op van ONESIMUS. Ook die naam vindt zijn oorsprong in Griekenland, en *de behulpzame* lijkt de meest plausibele vertaling.

'Alles wijst erop dat Onesimus Olympus een Griekse slaaf was: niet alleen zijn naam, maar ook het feit dat hij zijn naam in een vaasje gekrast had. Het waren de slaven en dienaars die hun naam in graffiti aanbrachten op hun meestal schaarse bezittingen,' denkt monsieur Benoit hardop.

'En we zouden ook kunnen aannemen dat deze Griekse slaaf medicijnen had gestudeerd in zijn geboorteland en er een degelijke opleiding had gekregen,' voegt hij eraan toe.

'Een slaaf die gestudeerd heeft?' vraagt Ward verwonderd.

'Inderdaad, en dit durf ik wel met vrij grote zekerheid te veronderstellen. Enerzijds, omdat het gebruikelijk was dat deze Griekse slaven medische en andere studies gevolgd hadden, en daarin ook les gaven. Anderzijds, omdat in datzelfde vertrek, waar we de scherven met zijn naam vonden, een voorwerpje lag dat hoogstwaarschijnlijk een instrument van een dokter of een chirurg is geweest.'

Hij pakt uit de kast een plastic zakje, waarin een klein bronzen spateltje zit.

'Neem nu dit lepeltje. Dit werd zowel gebruikt om cosmetica aan te brengen als om farmaceutische preparaten te mengen en toe te dienen. Een heel mooi exemplaar, en nog puntgaaf.'

Monsieur Benoit merkt dat Ward, alhoewel één en al oor, heel moe is. Hij raadt hem aan nog voor het avondeten een lekker bad te nemen.

Een goed idee van monsieur Benoit! denkt Ward, terwijl hij speelt met de grote vlokken schuim en de gebeurtenissen van de voorbije twee dagen ligt te overdenken. Dan legt hij een nat washandje op zijn voorhoofd. Had hij in een western gezien: een cowboy, die met kleren, laarzen, pistolen, kortom alles erop en eraan het bad was ingestapt. Hij glimlacht nu hij die filmscène weer voor zich ziet.

Hij sluit zijn ogen, en wordt een vreemde rust gewaar...

Acht

Caius stapt uit het lauwe bad, neemt een bronzen kommetje, schept koud water uit een bekken en giet het over zich heen: over z'n rug, z'n borst, z'n buik. Eerst krijgt hij kippevel, maar dan voelt hij zich helemaal opgekikkerd. De pijn in zijn arm is minder knagend.

Ook Marcus is onmiddellijk na aankomst in bad gegaan. Naar Romeinse gewoonte heeft Lacrima haar gast ingezeept, gewassen en afgespoeld. Hij ligt nu op een bank en heeft alleen een lendendoek om. Lacrima masseert met trage, vloeiende bewegingen zijn bruine rug, die ze eerst met een geparfumeerde olie heeft ingewreven...

Zachtjes praten ze met elkaar. Caius verstaat niet wat ze zeggen. Maar hij ziet dat Lacrima weent... hij ziet tranen vallen op de rug van Marcus, die het niet merkt: tranen in de bergamotolie...

'Caius, ga jij Friomathinia even helpen? Ze heeft nog veel werk, want morgen is het marktdag! En ik wil even alleen zijn met Marcus. We willen even praten, want hij heeft slecht nieuws...'

Caius gaat naar buiten, steekt het terras over, naar het beekje. Hij neemt een paar keitjes en gooit ze in het water. Hij is verzot op dat kleine plonsgeluidje. Hij blijft nog even gehurkt zitten.

Een beetje ongerust stapt hij op Friomathinia toe,

die op de binnenplaats bezig is eenden, kippen en ganzen te pluimen. Hij vraagt haar waarom zijn moeder zo bedroefd is.

'Kun je dat dan niet raden?' vraagt Friomathina met haar schelle stem.

Caius schrikt even, hij laat zich altijd weer overdonderen door haar bazige manier van doen.

'Niet echt...' antwoordt hij, terwijl hij wel iets begint te vermoeden.

'Dan zal ik dat 's even vertellen,' zegt ze, als aanloop van haar uitleg die ze ondersteunt met zwaaiende bewegingen van haar forse, vlezige armen. 'Marcus wordt overgeplaatst naar Vetera, samen met zijn centurie. Het is allemaal heel snel gegaan, binnen drie dagen vertrekken ze al.'

'Moet hij daar vechten?' vraagt Caius.

'Ja, natuurlijk, wat dacht jij dan? Op zijn luie kont gaan zitten? Vechten tegen de **Chauci**, da's niet niks. Ze zeggen dat die Germanen heel sterk zijn, vlug en onvervaard, echte vechtersbazen, die niets en niemand ontzien, ook zichzelf niet. Het zal gedaan zijn met het luie leventje dat hij hier leidde. Ja, hier in onze streek is het zo rustig, dat we 't wel zonder soldaten kunnen stellen!'

'Wij wel, maar Lacrima niet...' antwoordt Caius. En verwonderd stelt hij vast dat hij bedroefd is om zijn moeder.

Hij gaat op zoek naar Claudia en Valentina. Hij hoort hen babbelen in de kelder, waar ze geitekaasjes in eikebladeren wikkelen; die zullen morgen verkocht worden op de markt in **Orolaunum**.

'Ha, ben je daar, luilak!' zegt Claudia, een beetje

bits. 'Het zijn altijd dezelfden die moeten helpen, jij bent altijd onvindbaar als er gewerkt moet worden.'

Hij doet alsof hij niets heeft gehoord en vertelt hun wat hij te horen kreeg van Friomathina.

'Maar hij komt toch wel terug?' vraagt Valentina.

Claudia zucht. Net als Caius weet ze dat er weinig kans is dat Marcus en zijn eenheid later terug naar Stabulum overgeplaatst zullen worden. Hun streek is tot nu toe gespaard voor invallende Germanen en ook is er geen oproer onder de arme plaatselijke bevolking zoals in vele andere gebieden. In de streek van de Trevieren is het rustig.

Ze weet ook dat een Romeinse soldaat, éénmaal ingelijfd in het leger, ook al is hij officier, vast zit tot hij 'eervol ontslag' krijgt. En dat is pas als hij ver boven de veertig is. *Maar misschien komt hij dan terug*, hoopt ze.

'Ik wil hem voor hij vertrekt toch nog iets vragen!' zegt ze, en stapt in de richting van het badhuis.

Al gauw is ze terug, glimlacht triomfantelijk en zegt: 'Kom mee naar de paardewei!'

Caius en Valentina, die er niets van begrijpen, gaan met haar mee. In de weide staat Marcus' paard; ze leidt het naar de stal en begint het op te tuigen. Caius kijkt haar vragend aan. Ze zegt alleen maar: 'Ik mag van Marcus!'

Claudia zet haar voet in de stijgbeugel en behendig zwaait ze haar been over de rug van het paard.

'Caius, kort je ze even in?' vraagt ze. Caius maakt de riemen van de stijgbeugels los, trekt ze aan tot de juiste hoogte voor Claudia en gespt ze weer dicht.

Claudia laat het paard eerst even rondstappen op de binnenplaats, dan leidt ze het de poort door en galoppeert weg.

Valentina en Caius staren elkaar verbaasd aan. In gedachten volgt Valentina haar zus door het bos naar de open plek langs de Ruris tot aan het groepje hutten, waar enkele families wonen die ze kennen: de mannen en jongens ervan komen werken op de landerijen om te ploegen, te zaaien en te oogsten. Enkele mijlen verderop zal ze dan de rivier doorwaden, dat doen ze ook altijd als ze op hun eigen paard rijden, en daarna volgt een wilde rit door het woud.

Intussen is Marcus naar buiten gekomen en zegt: 'Claudia rijdt goed, en Borysthenes is heel betrouwbaar. Er kan niets gebeuren.'

Valentina, een beetje jaloers, vraagt vleiend of ze ook een keer mag...

'Natuurlijk,' zegt Marcus, 'maar niet te lang, want ik denk dat we onweer krijgen!'

Lacrima komt bij hen staan. Ze merken alledrie dat ze verdrietig is. Marcus slaat zijn arm om haar heen.

Na een uur komt Borysthenes terug aandraven. Het is een prachtig gezicht: Claudia in haar witte tuniek, op het met parelsnoeren, bronzen belletjes en koperen amuletten opgetuigde witte paard.

Met een blos van plezier en triomf zegt ze: 'Ik ben de godin **Epona**!'

Ze stijgt af en leidt Borysthenes naar de stal, waar Valentina al fris water voor hem heeft klaargezet. Gulzig drinkt hij de emmer bijna helemaal leeg.

Dan begint Valentina hem te ontdoen van versierselen, zadel, bit en leidsels. Met een doek wrijft ze het paard droog.

Ze doet haar sandalen uit en vraagt aan Caius: 'Help je me even?' Caius gaat met zijn rug tegen de flank van het paard staan, legt zijn handen in elkaar, zodat Valentina haar voet er in kan zetten en zo makkelijker op het paard kan klimmen. Ze zegt: 'En ik, ik ben de godin **Arduinna**!'

Ze galoppeert weg. Haar handen houden de manen vast, haar bruine benen drukken stevig in de flanken van het paard. Caius glimlacht, hij rijdt ook graag zonder zadel: dan moet je heel soepel en los meebewegen, je helemaal laten gaan, het ritme volgen, instinctief... dan voel je je nog meer één met je paard...

Hij roept haar na: 'Niet te ver... we krijgen onweer!'

Reeds na een klein half uur vallen de eerste regendruppels en verspreidt zich een groenig licht over de velden, al gauw gevolgd door een aanzwellend gerommel in de verte: het onweer nadert...

Een bliksemschicht doorklieft de lucht, onmiddellijk gevolgd door een enorme donderknal. De regen gutst uit de donkere hemel.

Lacrima kijkt Marcus aan. 'Je had het niet moeten toestaan!' zegt ze.

Een kwartier later horen ze de snelle galop van Borysthenes. Marcus gaat naar buiten en roept zijn paard dat door de poort komt en op hem toeloopt... zonder Valentina!

'We moeten haar zoeken!' roept hij tegen Caius: 'Zadel je paard terwijl ik Borysthenes verzorg!'

Snel rent Caius naar de stal, blij en trots, nu hij weet dat Marcus hem niet als een kleine jongen beschouwt.

Lacrima legt haar arm over Claudia's schouders. 'Niet bang zijn,' zegt ze. 'Het is **Taranis**, die zich even wil laten horen! De god van donder en bliksem is ons niet kwaad gezind, en trouwens Arduinna zal onze kleine Valentina zeker beschermen!'

Lacrima en Claudia blijven dicht bij elkaar in de stromende regen staan. Ondanks hun ongerustheid ondergaan ze dit als een verfrissende weldaad na die snikhete dagen; niet alleen voor zichzelf, maar ook voor de akkers en weilanden.

Ze kijken Marcus, Caius en de paarden na...

Het onheilspellende groene licht van voor het onweer is overgegaan in een donkergrijs, met een zweem van paars. Ver kun je niet meer kijken, maar Lacrima en Claudia zien de silhouetten van de paarden, telkens als een bliksemschicht het landschap even flitsend verlicht.

De schemering is al ingevallen en het onweer voorbijgetrokken als Marcus en Caius terug de poort van de villa binnenrijden.

Lacrima en Claudia haasten zich naar buiten en tot hun grote opluchting zien ze Valentina voor Marcus op Borysthenes zitten.

Marcus tilt haar van het paard en zegt: 'Hier hebben we onze verloren godin Arduinna!'

Valentina's onderlip trilt, ze doet haar best om niet te wenen. In stukjes en brokjes vertelt ze hoe Borysthenes, geschrokken door een harde donderknal, was gaan steigeren en ze van hem afgevallen was. Hoe het paard heel angstig was, weg liep en niet meer luisterde toen ze hem riep. Toen was ze maar te voet terug beginnen te lopen en was wat blij toen ze Marcus en Caius hoorde aankomen!

'Vlug naar binnen nu,' gebiedt Lacrima. Ze pakt een stapel doeken. 'Droog jullie goed af en trek schone kleren aan. Marcus, hang je tunica bij het vuur, dan kun je die morgenochtend weer aan!'

Ze neemt Valentina mee om haar droge kleren aan te trekken en lekker te knuffelen.

'Weet je wat Marcus zopas zei, toen we terugreden?' zegt Valentina.

'Wat dan?'

'Dat hij jou heel erg zal missen en ons nooit zal vergeten. Hij hoopt dat de goden gunstig gezind mogen zijn zodat hij terug zal kunnen komen.'

In de ogen van haar moeder ziet Valentina tranen verschijnen van vreugde en verdriet.

Als Caius zich heeft afgedroogd schept hij met een soeplepel dampende groentebouillon uit een ketel, die boven het vuur hangt, in een aardewerk kom en overhandigt die aan Marcus.

'Vetera, is dat ver, Marcus?' vraagt hij.

Marcus kijkt verrast op: het is de eerste keer dat Caius hem rechtstreeks een vraag stelt.

'Tien dagmarsen van hier,' antwoordt hij, en begint te vertellen over de oorlog en over het harde en ruige leven aan het front en in de kampen. Hij vertelt hoe bang een soldaat is voor de veldslag, maar hoe snel zijn angst verdwijnt als hij eenmaal aan het vechten is.

Caius neemt zelf ook een kom soep en luistert geboeid...

Negen

'Wat een heerlijke soep, Annie!' zegt Ward.
'Ik geloof dat jij ook maar het beste kan trouwen met een vrouw die goed kan koken!' werpt monsieur Benoit op.
'Ook?' vraagt zijn vrouw.
'Wel... zoals ik,' antwoordt hij en knipoogt naar haar. Grinnikend voegt hij eraan toe: 'Maar voorzichtigheidshalve zou ik het zelf ook goed leren, Ward!'
Terwijl Annie en Ward de tafel afruimen kijkt monsieur Benoit door het raam. Het onweer, dat al enkele dagen in de lucht hing, is losgebarsten. De regen valt met bakken uit de hemel. Donder en bliksem zorgen voor het begeleidende klank- en lichtspel.
'Morgen zal er gepompt moeten worden: de kelder zal zeker onder water staan!' zegt monsieur Benoit.
Ward krijgt het even benauwd. Hij moet er niet aan denken dat de ring, die daar nog in de grond zit, door de hevige regenbui in de bovenste modderlaag terecht komt en misschien door de pomp wordt weggezogen!
We zouden een netje of doekje voor de mond van de pomp kunnen spannen, denkt hij.
'Monsieur Benoit...?'
'Ja Ward?'

Nee: hij durft er niet over te beginnen; hij durft het écht niet.

Hij flapt het eerste het beste wat hem te binnen schiet eruit: 'Ik denk dat het morgen te nat is om te werken.'

De volgende morgen zijn ze lang voor de anderen op de site.

Monsieur Benoit wil de pomp inschakelen, maar die vertikt het om zijn werk te doen. Opnieuw proberen ze het, zonder resultaat.

Monsieur Benoit vloekt en begint de machine te demonteren. Maar techniek is niet zijn sterkste kant! Ward helpt een handje, en na heel wat gepruts zien ze dat de **carburator** helemaal vervuild is, misschien zelfs kapot.

Monsieur Benoit zucht: 'Daarvoor moeten we naar Arlon... waarschijnlijk zullen we een nieuwe moeten kopen.'

'Ik put wat water,' zegt Ward. Hij laat de emmer zakken in de regenput, de oude put, die prachtig gerestaureerd werd en zo opnieuw gebruikt kan worden. De boordevolle emmer drie meter omhoog hijsen is lastig, en het touw schuurt door je handen. Het water is helder en fris. Hij wast zijn handen en armen, maar zonder zeep krijgt hij de vettige, vuile olie er niet af.

Voordat ze vertrekken hangt monsieur Benoit nog een briefje aan de deur van het busje, met de mededeling dat er pas in de namiddag zal gewerkt worden.

Ze rijden door het licht glooiende landschap, opgefrist na de zware regen van de nacht. Het gras is groen, de velden tarwe en rogge goudgeel, de bermen vol felgekleurde stippen wilde bloemen.

Ze moeten vaart minderen voor een kudde koeien, die naar een andere wei wordt gebracht. Erachter loopt een boer, in een grijze, opgelapte broek en een versleten bruine trui. Naast hem een meisje in een bloemetjesjurk; om haar hoofd heeft ze een geruit sjaaltje geknoopt. De boer draagt een pet.

Voorzichtig halen ze hen in. Ward zwaait naar het meisje. Ze lacht terug.

Een kwartier later zien ze het kleine stadje liggen: de leistenen daken, nog niet helemaal droog, spiegelen in de felle ochtendzon.

Arlon is gebouwd op een *knipchen*, zoals zo'n kleine heuvel wordt genoemd in het Luxemburgs, de taal die hier nog door veel oudere mensen gesproken wordt.

Het is een grauw stadje. De meeste huizen zijn groot, statig, grijs en koel. Frivoliteiten aan een gevel, of geraniums voor de ramen, die zie je in Arlon niet.

Maar bovenop de heuvel staat het kleine Sint-Donaaskerkje, en vanaf dat punt heb je een prachtig uitzicht: bij helder weer kun je kijken tot het groothertogdom Luxemburg en Frankrijk. Langs de vele trappen die je moet klimmen om er te komen, staat om de twee meter een arduinen kruis: een oude **calvarie**...

Monsieur Benoit vraagt Ward of hij niet liever een bezoekje brengt aan het Gallo-Romeins museum, terwijl hij het probleem met de carburator oplost. Alhoewel Ward dat al twee keer bezocht heeft, valt dit voorstel meteen in goede aarde.

Ward houdt ervan in zijn eentje door een museum te slenteren, en hij hoopt op deze doordeweekse morgen de enige bezoeker te zijn.

En dat is hij. Hij kuiert de zalen door, helemaal alleen...

Het gebouw is ruim en sober: de muren zijn wit, de grote vloertegels in zwarte leisteen. Er hangt een serene sfeer. Het minste geluid dat je maakt klinkt luid en hol. Ward stapt heel voorzichtig: hij wil de stilte niet verstoren.

Ademloos bewondert hij de **bas-reliëfs**: *de strijdende Galliër, de Romeinse ruiters, een efebe met ram, de zieke bij de bron*, en... hier wordt hij nog stiller: *de reizigers*: de jonge, pruilende jongen, en de oudere man, met baard en snor...

Ook de zaal met de grafmonumenten boeit hem; hij leest de inscripties in het Latijn en daarna de Nederlandse vertaling in de catalogus:

D. M.
Tacitio Derissori. Filio Jvveni defvncto
et Satvrnine Satvrnine
coniivgi defvn

Aan de goddelijke schimmen.
Voor *Tacitus Derissor,* zijn jonggestorven zoon
en voor *Saturninia,* dochter van *Saturninia,*
zijn overleden echtgenote.

D. M.
Sexto Vervicio Modestino et Verviciae Modestinae
parentes fecervnt.
Aan de goddelijke schimmen.
Voor *Sextus Vervicius Modestinus* en voor
Vervicia Modestina
hebben hun ouders (dit monument) opgericht.

Tien

Dis Manibvs Gai Ivli Maximini,
emeriti legionis VIII beneficiarivs
procvratoris honesta missione missvs,
Istam memoriam procvravit
Similinia Paterna conivx conivgi karissimo
Maximinvs hic quiesqvit.
Ave viator, vale viator.

Ave viator... *Gegroet, voorbijganger...*
Vale viator... *Goede reis, voorbijganger...*

... leest Caius, die naast Titus zit op de door twee sterke donkerbruine paarden getrokken kar.

Naast de weg staan grafmonumenten: een lange rij stenen met opschriften, die de voorbijgangers uitnodigen de namen van de gestorvenen te lezen. Op deze manier zorgt de familie ervoor dat hun doden niet vergeten worden. Toch is Caius blij dat zijn vader niet langs de weg werd begraven, maar op hun eigen domein, dicht bij de villa. Aan de rand van het bos rust zijn vader onder een kleine, eenvoudige grafsteen, waarin zijn naam is gebeiteld. Vergeten wordt zijn vader niet: heel vaak gaan zijn moeder, of Claudia, en vaker nog Valentina, er even langs en leggen een bloem, een takje of een keitje op het graf. Caius doet dat niet. Niet dat hij dat niet wil, maar hij durft het gewoonweg niet: jongens, mannen zijn ánders, denkt hij. Zoals ook dat wenen en jammeren nadat zijn vader gestorven was, nadat Lacrima met een kus zijn laatste adem had opgevangen... niets voor jongens, niets voor mannen. Daarom ging Caius toen af en toe het bos in: om een tijdje alleen te zijn, en te kunnen huilen als niemand het zag.

Ze naderen Orolaunum. Zodra ze het bos achter zich laten, zien ze de in het oog springende heuvel waartegen de huizen gebouwd zijn. In de grote, statige huizen wonen de rijke ambtenaren, advocaten, geneesheren. De kleinere woningen zijn van de ambachtslui: schoenmakers, kleermakers, pottenbakkers, timmerlieden, hoefsmeden.

Er zijn ook tabernas. Deze herbergen hebben een slechte naam, want de copo's serveren er wijn die met water wordt aangelengd en bovendien zijn er **puellae**, die, als je betaalt, met je naar bed willen gaan en vrijen. Dat wist Caius van Titus. Caius heeft er zijn bedenkingen over. Friomathina maakt zich kwaad en zegt dat zulke zaken niet bestemd zijn voor jongensoren.

Aan de zuidkant van de heuvel liggen de Thermae. Daar is het altijd erg druk. Er wordt gelachen, geroepen en geroddeld: de laatste nieuwtjes gaan van mond tot mond. De thermen worden vooral bezocht om je te amuseren, je te laten masseren en je te ontspannen: je wassen is maar bijzaak.

Niet ver van de badinrichtingen ontspringt de Semois. En aan deze bron staat een klein heiligdom, opgericht ter ere van Apollo. Terwijl ze er voorbijrijden zien ze een ziekelijke oude man die met zijn hand water schept en ervan drinkt. Titus mompelt iets onverstaanbaars in zijn baard.

'Wat zeg je?' vraagt Caius.

'Dat je niet geneest van dat water. Ik probeerde het zelf vorig jaar, toen ik zo'n pijn had in mijn rug. Het werd alleen maar erger.'

'Je zou er veel beter aan doen om te bidden tot onze eigen goden, Titus,' zegt Friomathina betweterig. 'Laat je toch niet in met die opgedirkte Romeinse standbeeldgoden!'

Als ze bij de marktplaats aankomen, laden Titus en Caius de kar af.

Friomathinia is al aan 't verkopen voordat alle waren zijn uitgestald. De stadse matrones weten dat het gevogelte dat zij wekelijks naar de markt brengen heel jong wordt geslacht, zodat het vlees mals en smakelijk is, en dat hun geitekaasjes een ware delicatesse zijn.

Caius slentert in zijn eentje langs de marktkraampjes. Hij houdt van de drukte, het geroep, het gewemel van de mensen. Hij houdt ervan de veelheid, de geuren, de kleuren van alle uitgestalde waren te ondergaan. Vooral de uitheemse produkten intrigeren hem: de sterk geurende specerijen, vruchten die hij nog nooit geproefd heeft, kleurige zijden stoffen, bedwelmende, exotische parfums...

Al gauw wordt zijn aandacht getrokken door de schelle stem van Philippos die in een gebrekkig taaltje, een grappig mengelmoes van Grieks en Romeins, zijn waar aanprijst. 'Een lekker geurtje voor u, domina? U kiest maar: jasmijn, lavendel, muskus, cardamom... of een flesje rozenwater: onontbeerlijk voor een frisse teint... Of, indien u iets heel exclusiefs wilt dan heb ik hier voor u een opmaakset in een verzilverde doos met ingewerkt spiegeltje...'

Caius staat aarzelend te wachten. *Wat een verwijfd gedoe*, denkt hij, maar trekt dan de stoute schoenen aan en vraagt naar het collyrium voor Onesimus. Hij krijgt een klein blokje in de vorm van een parallelepipedum. Zonder moeite leest hij de Griekse letters die erin gestempeld staan: THEOCHISTUM.

'Dat is het,' zegt hij, en betaalt.

Philippos roept hem nog na: 'Oplossen in het wit van ei, en drie dagen na elkaar aanbrengen.'

Caius vervolgt zijn weg langs de kraampjes en ziet Titus in druk gesprek met een handelaar: hij heeft een zak zout en een potje allec gekocht, een pikante vissaus, geïmporteerd uit het Middellandse-Zeegebied, die de geur heeft van rotte vis maar een streling is voor de tong.

'Wil je dit even in de kar leggen?' vraagt hij aan Caius. 'Dan heb ik mijn handen vrij om nog een amfoor wijn te kopen...'

'Doe het zelf,' antwoordt Caius brutaal. 'Jij staat hier je tijd maar te verkletsen!'

Caius slentert liever wat rond. Hij is bovendien van plan om langs de school te lopen, zoals de vorige keer. Zelf krijgt hij thuis les, samen met Claudia en Valentina. Onesimus leert hun wiskunde en grammatica, en helpt hen Romeinse en Griekse teksten te lezen en te begrijpen.

Maar Caius vindt het interessant om te zien hoe er in een grote groep wordt lesgegeven.

Zou het er nog altijd staan? vraagt hij zich af. Bij de school gekomen ziet hij de letters die hij in de muur kraste: *Iulia*... Caius krijgt een warm gevoel van binnen. Met zijn vingertoppen streelt hij de tekens...

Hij hoort praten en lachen. Op slag verstomt echter het geroezemoes wanneer de magister met bulderende stem tot stilte maant en zich vervolgens tot één van de leerlingen richt: 'Tiberius, laat eens horen of je je les kent!'

Caius hoort een leerling met luide stem een tekst opdreunen... *Arma virumque cano, Trojae qui primus ab oris Italiam, fato profugus*... Caius glimlacht, herkent de aanvang van de Aeneis van Vergilius: *Ik bezing de heldendaden van een man, die van Troje gekomen als eerste de kusten van Italië bereikte, rondzwervend volgens zijn lotsbestemming*...

Plots hoort hij een stem achter zich: 'Hé, wat doe jij daar, boerenkinkel?'

Het is een jongen van zijn leeftijd, gekleed in een kraakwitte tuniek met gouden franjes, enkele wastabletjes onder de arm. 'Maak dat je wegkomt! Je stinkt!'

Dit was teveel. Caius stormt op hem af.

De jongen schrikt, laat zijn wastabletjes vallen en wil weglopen. Maar Caius begint met gebalde vuisten op hem te kloppen; zijn gewonde arm voelt hij even niet meer...

Hoewel rijke schoolgaande jongens getraind worden in vechtsporten en hun mannetje staan in een gevecht volgens de regels, is hij machteloos tegenover zoveel brute kracht. Het enige wat de schooljongen kan doen, is met beide armen zijn gezicht beschermen.

Caius houdt op met stompen, duwt de jongen tegen de grond en roept: 'Herhaal dat nog eens als je durft?!'

Laaiend van woede komt de magister aanlopen, trekt Caius van zijn leerling af, en geeft hem een draai om zijn oren en een schop onder zijn kont.

Geschrokken voelt Caius aan zijn gloeiende wang en vindt het raadzaam zich nu maar snel uit de voeten te maken. Hij zet het op een lopen, draait zich nog een keer om en roept: 'Bende lamzakken!'

Trillend over zijn hele lijf komt hij bij Friomathinia aan. Gelukkig heeft ze het niet in de gaten, want ze is te druk bezig met de afrekening van drie kippen. Omdat rekenen niet haar sterkste kant is, gebeurt het nogal eens dat er een hevige woordenwisseling ontstaat met een klant, als ze teveel heeft gerekend, of, zoals nu te weinig heeft teruggegeven.

Caius voelt pijnlijke steken in zijn arm. Aan de rode vlekken op het verband ziet hij dat de wond weer is opengegaan.

Door het lopen en de warmte heeft hij dorst gekregen. Het water loopt hem in de mond als hij denkt aan het fruit dat hij twee kraampjes terug zag liggen. Met zijn laatste twee dupondii gaat hij naar de fruitkraam en wacht zijn beurt af... Het is lekker koel onder de witgebleekte linnen luifel.

Zijn blikken gaan over de verse groenten: dunne worteltjes, erwten in de peul, ajuinen, sla en veldzuring...

En daar het fruit: kersen, donkerrode en lichtrode,

en witte, maar die zijn zo zuur... manden met aalbessen en kruisbessen. Later in de zomer en de herfst komen de appels, peren, pruimen en perziken...

Elf

Ward probeert uit te vissen welk fruit er afgebeeld staat op het bas-reliëf van de fruitkoopman. Hij heeft niet in de gaten dat hij niet meer alleen is.
'Heb je alles gezien?'
Ward schrikt.
'Slecht geweten?' vraagt monsieur Benoit. 'Of was je zo ver weg?'
Ward glimlacht en zucht: 'Ik zou hier nog uren kunnen blijven...'
'Weet je dat je hier al twee uur bent? Ondertussen is onze carburator weer als nieuw! Ze hebben er nogal wat werk aan gehad. 't Is nu bijna middag, straks sluiten ze ons hier nog op! Kom, we gaan terug...'
Maar voordat ze het museum verlaten, blijven ze nog even stilstaan voor *de reizigers*...

Als ze bij de site aankomen zijn de anderen er al.
Er hangt een zekere hilariteit in de lucht.
Julie komt op Ward toe en fluistert hem iets in het oor. Ward knikt. Hetzelfde verhaal doet ze aan monsieur Benoit, en die glimlacht.
De pomp wordt gemonteerd en... hij doet het! Onder luid gejuich begint de pomp het water, dat bijna een halve meter hoog staat, uit de kelder te zuigen.

'Dat was een technisch hoogstandje van onze chef!' zegt Vinciane met een spottend ondertoontje.

'Et maintenant: au boulot!' zegt monsieur Benoit. 'Sebastien en Ward, jullie werken nog even verder in het vertrek waar onze vriend Onesimus woonde; de anderen gaan met mij mee naar de smidse, behalve Youri, die nog even met de metaaldetector de afvalhoop controleert.'

'Maar, Dominique heeft gisteren al...'

'Geen gemaar!' zegt monsieur Benoit kordaat.

Youri schrikt van het korte antwoord. Dat is hij niet gewend van monsieur Benoit!

Youri heeft er zichtbaar geen zin in. Hij loopt er een beetje verongelijkt bij. *Hij vindt het flauw: ze weten allemaal dat het zijn verjaardag is, gisteren hadden ze het er nog over... en nu is er nog niemand die eraan gedacht heeft hem te feliciteren... Ze zijn het allemaal vergeten, allemaal!*

Met tegenzin pakt hij de metaaldetector en begint met korte rukjes, maar na een tijdje krijgt hij er zin in en laat het apparaat met brede zwaaiende bewegingen over de hoop afgevoerde grond gaan. Hij gaat op in zijn werk en merkt niet dat de anderen binnenpretjes hebben en hem vanuit hun ooghoek bespieden.

Niemand vindt het leuk om met de detector te werken. Hij dient alleen maar om te controleren of er geen waardevol voorwerp werd weggegooid. Is het voorwerp in metaal, dan spoort de detector het feilloos op: bij het kleinste stukje metaal, hoor je een zoemtoon. Monsieur Benoit wil echter onder geen beding dat het toestel in de site zelf wordt gebruikt, want dan zou er direct te diep, te snel en te slordig worden gewerkt.

Plotseling lijkt Youri iets gevonden te hebben. Met een schopje graaft hij en haalt verbaasd een blikken doos te voorschijn: een soort grote koektrommel. Hij opent de doos en begint dan luid te lachen. 'Da's een goeie!' roept hij.

In de doos zit een grote taart. In slagroomletters staat er Youri op. De taart ziet er niet bepaald ovenvers uit en er liggen hier en daar korreltjes zand... maar Youri vindt het formidabel.

Vinciane en Julie geven hem elk drie kussen, en zo te zien vindt hij ook dat formidabel.

Vinciane, die voor de taart zorgde, haalt een mes en kartonnen bordjes.

En Alexandre opent drie flessen bruisend druivesap. ''t Is wel geen champagne,' zegt hij, 'maar het kan er voor doorgaan!'

Ward fluistert in Julies oor: 'Ik wou dat het mijn verjaardag was!'

Julie snapt het, lacht, en geeft hem drie zoenen: 'Dat is voor jouw verjaardag van twee maanden geleden!'

'Nu gaan we toch écht een beetje werken, anders gebeurt er helemaal niets vandaag!' zegt monsieur Benoit, als de taart en het druivesap op zijn.

Lachend gaan ze weer aan de slag. Alleen Ward is niet in zo'n uitbundige stemming. Hij onderbreekt zijn werk en gaat bij de kelder staan. Dat zuigende geluid van de pomp!

Na een tijdje gaat hij weer terug naar de muur waar

hij samen met Sebastien de aarde tussen de stenen aan het wegborstelen is.

Plotseling vraagt hij aan Sebastien: 'Zou jij het leuk vinden als je moeder een vriend had?'

Sebastien kijkt verwonderd. Het is niet Wards gewoonte om het over zoiets te hebben. Ook hijzelf brengt het maar zelden ter sprake dat zijn ouders niet meer samen zijn. Allebei schamen ze zich er een beetje voor, en als ze dit onderwerp kunnen doodzwijgen doen ze het.

'Nee!' antwoordt Sebastien beslist. 'Ik mag er niet aan denken! Weet je, mijn vader heeft een vriendin en al zijn aandacht gaat naar haar. Als ik er de week-ends ben, heb ik altijd het gevoel er niet bij te horen. Zou ook zo zijn bij mijn moeder, als die een vriend kreeg, en ermee samen ging wonen. Ik denk dat ik stikjaloers zou zijn. En jij, wat zou jij ervan vinden?'

'Hangt er van af...' zegt Ward, 'als hij maar goed met mij en mijn zussen zou kunnen opschieten en zich niet teveel zou gedragen als mijn vader, want dat is hij niet, maar gewoon als een vriend... ja, dan zou ik het goed vinden! Een vriend voor mijn moeder, maar even goed een vriend voor mij en mijn zusjes. Nu moet ik thuis altijd met vrouwen optrekken. Ze gedragen zich truttig en zogenaamd-feministisch, met als resultaat dat ik vaker moet afwassen dan zij drieën samen. En pesten, daar kunnen ze ook wat van! Ik geef maar een voorbeeldje: als ik uit de douche kom, dan kunnen mijn zussen het niet laten om parmantig de badkamer binnen te stappen. En hoe kwader ik me maak, hoe leuker ze het lijken te vinden. Ja, af en toe een man bij ons thuis, dat zou zo gek nog niet zijn!'

Sebastiens gezicht staat nu heel ernstig. Hij begint te twijfelen en zegt voor zich uit: 'Misschien... maar een zus zou ik best leuk vinden!'

Ze beginnen weer te graven en dan vindt Sebastien een klein metalen voorwerpje.

'Wat zou het zijn?' vraagt hij.

Ward pakt het en begint het voorzichtig af te borstelen.

Terwijl Sebastien monsieur Benoit erbij haalt, bekijkt Ward het heel aandachtig...

Misschien weer zo'n spateltje, dat door een dokter werd gebruikt, denkt hij...

Twaalf

Met een spateltje schraapt Onesimus een stukje van het door Caius meegebrachte blokje collyrium, plet het op een uitgehold marmeren paletje, vermengt het met het wit van een ei en blijft roeren tot hij een homogene massa zonder korreltjes verkregen heeft.

'Wilt u even gaan liggen?' vraagt hij aan Lucius Ianetus Agricola, Caius' grootvader.

Deze gaat op zijn rug op de rustbank liggen.

Onesimus brengt met een lepeltje het preparaat aan in de ogen van grootvader.

'Ik ga dit drie dagen na elkaar doen,' zegt hij. 'Dat vervelende tranen en prikken zou dan al heel wat moeten verminderd zijn!'

Grootvader is niet echt tevreden en vraagt: 'Maar dat slechte zien van me, kun je dat niet oplossen? Je weet dat ik altijd geplaagd wordt door die akelige, grijze vlekken in mijn gezichtsveld; ik geloof zelfs dat die steeds maar groter worden!'

'Ik kan u wel zeggen hoe die ziekte heet. Dat is **cataract**. Maar u daarvan genezen kan ik niet. Ik weet wel dat er chirurgen zijn die met een heel fijn stilet de lens opzij kunnen duwen zodat deze in het oogvocht terechtkomt. Het resultaat is dat de vlekken weg zijn, maar een verbetering van het zicht is er niet bij! Ik heb het nooit zien doen. Er zijn er maar enkelen die het kunnen, en ze houden de techniek angstvallig ge-heim!'

'Ik kan mischien eens naar de warme, geneeskrachtige bronnen, de **Aquae Granni,** gaan?' stelt grootvader voor.

'Gelooft u werkelijk dat dit voor uw kwaal zou helpen?' vraagt Onesimus.

'Niet meer dan jij!' antwoordt grootvader glimlachend.

Maar dan kijkt hij opnieuw ernstig en zucht: 'Ik ben bang om helemaal blind te worden. De taak van beheerder van de villa zou ik dan niet meer aankunnen. En nu rust er al zoveel zorg op de schouders van Micia: ze neemt al zoveel van me over sinds de dood van Octavius. Ik wou dat Caius zich eindelijk eens als een man gaat gedragen. Hij is nog zo speels! En soms zo lui, hij houdt niet van werken, die knul.'

'Ik ben ervan overtuigd dat hij zal veranderen als hij zijn verantwoordelijkheid zal moeten opnemen. U zult nog opkijken, grootvader!'

'Ik hoop het, Onesimus. Over twee jaar wordt hij zestien, dan is hij volwassen, en zal een deel van mijn taak op zich moeten nemen.'

Met dromerige blik vervolgt hij: 'Maar nu heb ik ze nog nodig, mijn ogen... om te zien of de tarwe rijp is, om te zien of het onweer niet te veel schade heeft aangericht, om te zien of het paard moet veulenen en of de koe slachtrijp is. En ik wil natuurlijk ook kunnen kijken hoe ver onze landerijen reiken... om er trots op te kunnen zijn!' De oude man zucht en zegt dan: 'Maar ga nu. De kinderen wachten op je voor de les.'

Onesimus treft de kinderen aan in druk gesprek over Marcus' vertrek. Claudia heeft als altijd het hoogste woord. Hij hoort haar uitleggen aan Valentina waarom Marcus niet kan blijven, zelfs al zou hij dat willen.

'Is dat zo?' vraagt Valentina aan Onesimus.

Onesimus beaamt dat Marcus geen andere keus heeft dan te gehoorzamen. Hij is verplicht om aan het hoofd van zijn centurie te blijven, anders wordt hij zwaar gestraft als deserteur. Hij zou niet de eerste zijn die hiervoor naar de arena werd gestuurd om te vechten op leven en dood.

'Zo, en pak nu jullie kleitabletjes!' zegt hij.

Maar vandaag hebben ze geen van allen zin in les...

Claudia vraagt: 'Onesimus, Iulia vertelde dat haar magister een aanhanger is van de **cultus** van Cybele en dat hij een heel bloedige rite heeft ondergaan... Weet jij daar iets van?'

Onesimus krabt in zijn haar: 'Zou het niet kunnen dat Iulia dat uit haar duim zoog? Als het inderdaad zo was, zou het me verwonderen dat haar leraar haar dat vertelde... Men praat hier niet openlijk over, want die mysteriecultussen, zoals de cultus van Cybele, zijn strikt verboden. De Romeinse staat is bang haar gezag ondermijnd te zien, daarom is alleen de staatsgodsdienst toegelaten!'

Claudia schudt met haar hoofd: 'Als het niet zo was, zou Iulia dat niet gezegd hebben... Vertel nu!'

'Goed dan, ik zal het jullie zo goed mogelijk proberen uit te leggen. De Romeinen hebben voor alles een godheid: een god voor een behouden reis, een god voor gezondheid en genezing, een god voor de vruchtbaarheid van mens, akkers en vee, een god om oorlogen te winnen, een god om de vrede te bewaren en ga zo maar door. Wil je iets gedaan krijgen van een bepaalde god of godin: dan breng je hem, of haar, een offer... *Do ut des...* ik geef iets, opdat jij iets geeft: ik geef om iets te krijgen. Zo'n godsdienst is sterk gericht op het aardse, op het hebben, op het krijgen, en kent weinig diepgang. Velen nemen daar geen genoegen meer mee! Zij zoeken hun toevlucht in mysteriegodsdiensten die uit het Oosten komen, zoals de cultus van Cybele. Deze godsdiensten nemen de natuur, die elk jaar sterft en herboren wordt, als voorbeeld, en als belofte voor de mens: de mens die sterft en weer tot leven zal worden gewekt.'

'En die rite dan?' vraagt Claudia.

Onesimus aarzelt even, maar ziet aan drie paar vragende ogen dat hij die vraag niet kan omzeilen.

'Het hoogtepunt van de plechtigheden die elk jaar ter ere van de godin Cybele worden gehouden is de **bloeddoop**.'

'Bloeddoop?' vraagt Valentina, met een verwonderde klank in haar stem.

'Dit is een rite waarbij de inwijdeling moet afdalen in een kuil, de bloedkuil. Deze wordt afgedekt met houten planken, waarin gaten zijn geboord. Dan wordt daarop, onder begeleiding van fluit- en cymbaalspel, een stier geslacht. De inwijdeling laat het bloed over zich heen stromen en drinkt er ook van. Als hij uit de kuil te voorschijn komt wordt hij gezien als een *voor eeuwig herborene*.'

Ze luisteren ademloos.

Na een poosje vraagt Claudia: 'En... die nieuwe godsdienst, waarover jij soms spreekt, en die liefde en gelijkheid predikt, kent die ook zo'n soort cultus?'

Dertien

'Waren er hier in de Gallo-Romeinse tijd al christenen?'

Monsieur Benoit richt zich tot Alexandre, die de vraag stelde. 'Jawel, ook in deze streken hadden zich tegen het einde van de tweede eeuw christengemeenschappen gevormd. Daarvan is echter bijna geen archeologisch of geschreven bewijsmateriaal gevonden. Het is logisch waarom...'

'Omdat ze werden vervolgd en hun godsdienst moesten belijden in het geheim,' vult Alexandre aan.

'Maar waarom werden zij dan vervolgd?' vraagt Sebastien.

'Die eerste christenen waren geen volgzame burgers van de Romeinse Staat. Zij weigerden in militaire dienst te gaan, zij weigerden de Romeinse goden te aanbidden en de verplichte offers te brengen. Zij werden er zelfs van verdacht een sociale revolutie te beramen. Eén van hun belangrijkste principes, *gelijkheid onder alle mensen*, werd door de Staat als oproer geïnterpreteerd!'

Ze zitten in een cirkel in het gras. Flessen frisdrank worden doorgegeven. Ze drinken met grote, gulzige teugen.

Na een korte pauze gaat ieder weer op dezelfde plek aan het werk, behalve Julie, die opdracht kreeg te graven in de kelder, die inmiddels leeggepompt is.

Ward stelt voor om in haar plaats te gaan, *omdat*, zegt hij, *de grond nog zo nat is...*

'Vergeet 't maar!' zegt Julie. 'De kelder is de beste plek, daar hebben we de meeste interessante vondsten gedaan... En als het mijn beurt is, zeg ik niet nee! Nat of niet nat!'

Ward gaat af en toe kijken hoe ze met het troffeltje modder wegschept en iedere schep vochtige aarde in haar hand legt en kneedt.

'Hier!' zegt ze na een tijdje. 'Als je me dan toch wil helpen: breng even deze emmer weg. Hij is vol!'

Ward gaat het trapje af, en als hij de emmer aanneemt raakt hij even haar handen aan, haar handen vol slijk... Ze glimlacht. Hij voelt zich een beetje verlegen.

Dan gaat hij opnieuw aan het werk, maar het duurt niet lang of hij voelt weer die onrust in zich opkomen...

Julie werkt nu al een uur op de plek waar hij de ring terug in de grond stopte en heeft blijkbaar nog niets gevonden. Nochtans werkt zij heel secuur... Vreemd!

En morgen vertrek ik, het is mijn laatste dag. Wat doe ik als ze niets vindt?

Hij staat op het punt te vragen of hij haar mag aflossen als hij haar een verrukt kreetje hoort slaken, en dan roept ze: 'Kom vlug kijken!'

Hoewel hij juist, elke vezel gespannen, daarop wachtte, schrikt hij toch. Hij voelt een steek in zijn maag.

Hij loopt naar de kelder en ziet Julie's opgewonden gezicht. Haar blijheid geeft hem een intens warm gevoel. Ze zien elkaar in de ogen en het is alsof ze in een magneetveld met elkaar verbonden worden, alsof tijd en ruimte niet meer bestaan...

Veertien

Caius kijkt diep in Iulia's bruine ogen, vindt er de lichtjes die hem telkens weer zo gelukkig en warm maken. Met zijn vingertoppen tekent Caius haar gezicht: haar ogen, haar wenkbrauwen, haar neus, haar mond, haar kin, haar hals. Dan doet hij hetzelfde met zijn lippen.

Ze liggen languit in het hoge gras, Iulia plukt een korenbloem en streelt ermee langs Caius armen. Daarna raakt ze heel voorzichtig met haar handen zijn armen aan, zijn schouders, zijn gezicht, en woelt dan met haar handen door zijn haar.

Caius haalt de spelden uit Iulia's haar. 'Ik kon niet anders... ik móest gewoon komen, ik kon niet meer wachten... ik wilde je zeggen dat ik je graag mag, dat ik je graag zie, dat ik je liever zie dan wat ook ter wereld...'

Iulia slaat haar armen om hem heen en fluistert: 'Ik zal van jou zijn, Caius.'

Daarop klinkt het luide hinniken en snuiven van Caius' paard. Het maakt hen aan het lachen en Iulia zegt: 'Alvast één die ermee akkoord gaat... Je paard Romulus is onze getuige!'

Caius neemt haar rechtervoet, gespt de sandaal los, daarna doet hij hetzelfde bij haar linkervoet. Hij streelt de bruine voeten en kuiten en knieën. Dan legt hij zijn hand op de ruwgeweven stof van haar tunica, gaat langs de ronding van haar heupen en over haar buik, die hij voelt meebewegen met haar ademhaling. Minutenlang houdt hij zijn hand op één van haar kleine borstjes.

En Caius ziet hoe twee blinkende pareltjes zich vormen in Iula's ogen.

Vijftien

De betovering wordt verbroken door de ongeduldige stem van monsieur Benoit: 'Maar wát heb je dan gevonden?'

Met zichtbare moeite slaagt Julie erin zich van de ogen van Ward los te maken.

'Ik denk dat het een gouden ring is!' zegt ze. Ze geeft haar vondst aan monsieur Benoit, die hem voorzichtig met een borsteltje schoonmaakt.

Ze staan allemaal rondom hem.

'Inderdaad!' zegt hij glunderend. 'Een gouden ring... en er staan letters in gegraveerd!'

Met behulp van een vergrootglas leest hij hardop, terwijl Vinciane op een papiertje noteert: VIVA SMIC IDOM.

Ze zijn sprakeloos.

Monsieur Benoit houdt het kleine voorwerp tussen duim en wijsvinger en zegt: 'Aan de maat te zien, behoorde hij toe aan een vrouw... en hij is nog intact: prachtig!

'Wat de letters betreft... DOM is misschien de afkorting van domina, wat betekent meesteres, vrouwe, of eigenares van de villa...

'VIVA zou een wens in de derde persoon kunnen zijn: *dat hij gelukkig weze...*

'Maar als je de S, de eerste letter dus van de volgende vier, erbij voegt, dan krijg je VIVAS: een wenszin in de tweede persoon: *wees gelukkig...* en dat lijkt mij nog aannemelijker!'

'Die ring zou dan een geschenk geweest kunnen zijn voor de domina?' vraagt Youri.

'Inderdaad,' antwoordt monsieur Benoit en hij vervolgt: 'Dan hebben we nog MICI... MICI... ' Hij krabt in zijn haar.

'MICIA!' zegt Ward, met blinkende ogen...

'Ja!' zegt monsieur Benoit. 'MICI zou van MICIA kunnen komen... En DOM zou ook de afkorting van haar tweede naam kunnen zijn!'

'DOMETIA...?' oppert Ward.

'Zou kunnen,' antwoordt monsieur Benoit, 'maar er zijn nog tal van andere namen die met diezelfde letters beginnen: DOMNULA, DOMESTICA, DOMITILLA...'

'DOMETIA,' zegt Ward met nadruk.

Monsieur Benoit kijkt hem verwonderd aan, want het gebeurt niet vaak dat Ward zich zo zeker van zichzelf naar voren schuift.

Ward herhaalt nog eens, veel zachter nu: 'DOMETIA.'

Monsieur Benoit glimlacht en zegt: 'Oké... laten we het op DOMETIA houden, maar zeker weten doen we het nooit.'

Vinciane, die noteerde, zegt: 'Er zijn dus twee mogelijkheden.' En op een plechtige toon leest ze: 'Wees gelukkig, Micia, meesteres van de villa! – ofwel – Wees gelukkig, Micia Dometia!'

Dan vraagt ze of ze de ring even mag passen. Ze schuift hem voorzichtig aan de ringvinger van haar rechterhand.

Zestien

Caius ziet dat Lacrima een gouden ring draagt.
'Kreeg je hem van Marcus?' vraagt hij.
Zijn moeder knikt en kijkt op. Ze weent.
'**Lacrima lacrimat**?' vraagt hij zacht... hij weet haar hiermee altijd even aan 't glimlachen te brengen, zelfs al is ze heel verdrietig.
'Ze vertrekken morgenvroeg,' zegt ze.
Caius zegt alleen: 'Lieve Lacrima...'
Hij had haar willen troosten, maar weet niet hoe.
'Ga maar, Caius,' zegt ze, 'ik vind het niet erg om nu wat alleen te zijn...'

In de smidse is Lupilinius bezig met de afwerking van een ploeg. Zwetend en hijgend is hij aan 't schuren en polijsten, want hij wil dat zijn ploeg blinkt als een juweeltje.
'Hé Caius, je bent zoals altijd nét even te laat om een handje te helpen!'
Andere keren was Caius boos uitgevallen, maar niet vanavond.
Hij vraagt of Lupilinius een stukje rood koper kan missen. Hij wil graag een armband maken.
'Heb ik, en je kunt het krijgen,' zegt Lupilinius. 'En als je me zegt voor wie, dan help ik je ook nog.'
'Zeg ik je lekker niet. En trouwens je hoeft me niet te helpen, ik kan het wel alleen.'

'Eigenwijs jong. Hier heb je je koper!' zegt Lupilinius zuchtend. 'Zal ik het vuur wat voor je aanblazen?'

Met een tang houdt Caius het stukje metaal in de vlammen totdat het bijna gaat smelten. Daarna plonst hij het even heel kort in een emmer water, wat een sissend geluid teweeg brengt. Ogenblikkelijk daarna legt Caius het koper op het aambeeld, neemt een hamer en begint dan met vlugge, korte slagen het metaal te bewerken, zodanig dat het dunner, platter en breder wordt. Na een tijdje moet het terug in het vuur, dan weer in het water, terug op het aambeeld, en kloppen. Telkens opnieuw. Caius merkt dat het stukje metaal plat en breed wordt, maar ook hoe langer hoe krommer.

Lupilinius, die in de gaten krijgt dat het misloopt, zegt: 'Kom, ik help je wel.'

Na een half uur is de sobere, maar gave armband klaar.

Caius is vol bewondering en fluistert daarom in Lupilinius' oor: 'Het is voor Iulia!'

De smid glimlacht. 'Alsof ik dat niet wist!' En hij geeft een klop op Caius' schouder.

Dan neemt Caius een bos droge, fijne takken, houdt deze in de vlammen terwijl hij vraagt: 'Mag ik nog een beetje vuur van je stelen?'

Als hij buiten komt is het al bijna donker. Alleen aan de horizon, waar de zon onderging gloei nog een streep oranje na. De nevel stijgt op en spreidt een ragfijne, witte donsdeken over de velden. Een oehoe roept.

'Wat ga je doen?' vraagt Claudia.
Caius voelt zich betrapt.
'Moet jij niet slapen?' vraagt hij.
'En jij dan? Wat doe je hier nog, en dan met een brandende fakkel in je hand?'
'Vertel je 't aan niemand?' vraagt hij.
Zijn zus schudt van nee.
'Ik beloofde Iulia om haar elke dag, als de eerste ster aan de hemel komt, een avondgroet te brengen: vanuit haar slaapkamerraam kan ze de toorts zien. Daarmee laat ik haar weten dat ik van haar hou. Vind je dat stom?'
Claudia lacht: 'Domoor! Tuurlijk niet. Ik wou dat ik ook zo'n fakkelzwaaier had!'
'Nog even geduld, mooie zus van me...' zegt Caius, en loopt met soepele tred de heuvelkam op.
Nieuwsgierig blijft Claudia het fakkellicht volgen.
Ze ziet dat Caius de toorts langzaam heen en weer zwaait, en dan lijkt het wel of het vuur een naam schrijft in de donkere nacht: *Iulia*.

Zeventien

Julie... denkt Ward.
Het is zijn laatste avond, morgen neemt hij de trein.
Julie: elke avond zal ik aan je denken... een heel jaar lang, en als het weer zomer wordt: dan kom ik terug, en jij zult er ook weer zijn...
Hij draait zich om en loopt langzaam de heuvelkam af, naar de site toe. Hij plukt een toefje gele, knopvormige bloempjes, neemt een paar grashalmpjes en bindt die als een touwtje rond het tuiltje.
Hij legt het neer op de plek waar ze die middag samen werkten. Met zijn wijsvinger schrijft hij in de grond: *Voor Julie...*
Hij ziet een verloren potscherf liggen, veegt het schoon met zijn vingertoppen, bekijkt het, stopt het in zijn broekzak.
Hij legt nog even zijn hand op de veldstenen muur. Dan springt hij op zijn fiets en rijdt richting Habay.

Nawoord

Dit verhaal weefde ik rond vondsten die in de villa Mageroy werden opgegraven.

Vanzelfsprekend maakte ik slechts een kleine keus uit de vele gevonden objecten die ons helpen de geschiedenis van de villa en haar bewoners te reconstrueren.

Natuurlijk is er veel dat we niet met zekerheid weten. Wel dit: in de herfst van het jaar 262, de graanoogst was net binnen, werd de villa verwoest door een grote brand.

Ofwel werd die veroorzaakt door een bende Germanen die, ondanks de Romeinse verdedigingslinie, de Rijn was overgestoken en zich hier wilde vestigen... Ofwel was de brand het gevolg van onachtzaamheid. Misschien een brandende fakkel in het op de zolder gestapelde, droge stro...